望

幼

心

李俊辉　著

陕西新华出版
太白文艺出版社

图书在版编目（ＣＩＰ）数据

守望初心 / 李俊辉著 . -- 西安：太白文艺出版社，
2022.9（2023.6重印）
ISBN 978-7-5513-2240-9

Ⅰ . ①守… Ⅱ . ①李… Ⅲ . ①报告文学—作品集—中
国—当代 Ⅳ . ① I25

中国版本图书馆 CIP 数据核字（2022）第 168810 号

守望初心
SHOUWANG CHUXIN

作　者	李俊辉	
责任编辑	张　鑫	
装帧设计	无　壹	
出版发行	太白文艺出版社	
经　销	新华书店	
印　刷	西安市未央区远大印务有限公司	
开　本	787mm×1092mm	
字　数	140千字	
印　张	6.25	
版　次	2022年9月第1版	
印　次	2023年6月第1版第2次印刷	
书　号	ISBN 978-7-5513-2240-9	
定　价	69.00元	

- -

联系电话：029-81206800
出版社地址：西安市曲江新区登高路1388号（邮编：710061）
营销中心电话：029-87277748　029-87217872

著名作家贾平凹为本书题写书名

陆 青 / 摄

　　李俊辉，男，陕西乾县人，1976年9月生。记者，媒体从业23年，陕西省杨凌示范区文联秘书长，陕西省杨陵区政协委员。中国微型小说学会会员，中国散文学会会员，陕西省作协会员。先后出版新闻作品集《大地的声音》，散文集《农城四月天》。

序 〉〉〉

"执农不弃"的诠释

樊志民

这几年，杨凌示范区的一些涉农文学工作者时有新作，常会嘱作序跋或写上几句推介词。我想他们看重的并不在于我的德齿文思，而是缘于农史人的那份悯农情怀与忧患意识。

华严宗四祖澄观《华严经疏》曰"初心为始，正觉为终"，视"发初心"与"成正觉"于等量齐观的地位，少了一些以成败论英雄的意味，更近禅学本义。佛教的初心，或就是道家的"含德之厚，比于赤子"，儒家的"大人者，不失其赤子之心者也"，表示率真、淳朴、不加伪饰的愿景、理念与追求，上升到国家与民族文化层面则被引申为忠诚爱国、救民济世之心。

强调申令"不忘初心""守望初心"，从另一侧面反映了初心的易忘与易失。工业与城市化时代讲究的是科技、利益、市场、信息与商品化，需要的是即时应对、调整和适应，快节奏、快发展、快变化没有给"初心"留下太多的位置与空间。在工业化时代，即便有现代科技与生产力作用于农业，但农业、农村的发展与进步相比仍是比较缓慢的，农业成了弱质产业。工业与农业、城市与农村、市民与农民的比较效益反差，剧烈地冲击着传统的农业与农村。虽然斯土难离、斯亲难舍、斯业当重、斯民当悯，但是当以城居或乡居判别人们身份与地位的时候，谁又能抵挡得住那份诱惑而矢志为稻粱谋呢？

我们的一日三餐，犹如阳光、空气和水，须臾不可或缺。现代人较多地看到的是农业的低效与艰苦，而忽略了农业是维持人类生存的基础产业。农业作为关乎人类生死存亡的必需产业，无论丰歉都是不能中断的，总得要有人去从事它。中华民族在悠久的农业历史进程中形成的"农为国本，食为民天"的基本理念，在农业产业功能认知上或是最为接近初心的表达。

中国农业圣地与农业高新技术产业示范区的定位，是杨凌文学的立足点与出发点。涉农文学或是杨凌的特色，舍此而从众，我们很可能在各方面都不占优势。欣喜的是，随着涉农文学创研的深入，一批作家阐发揭示的主题愈发厚重，有人写了《我从土中来》，发出"将往何处去？"的追问。青年作家李俊辉的纪实文学集，通过对赵瑜的守望初心、王建人的心作良田、王中来的重返农门、赵琦的信仰坚守、马玉建的思诚追求等的记录与探析，甚至触及了涉农文学形而上层面的关注与思考。他们以文学的形式给我们留下了一份社会转型的珍稀标本，其重要意义与价值会随着时间的推移将日渐凸显。

"执农不弃"是周民族的一个传统，也是现代杨凌农林科教人员的信念之一。"周虽旧邦，其命维新"，后稷和他的子孙们在发展农业的过程中虽曾遇到过诸多的艰难险阻，但执着地向着认定的目标前行，或是他们成功的基本原因。正是在这个意义上，"任何时候都不能忽视农业、忘记农民、淡漠农村"。为了亿万人的丰衣足食，需要千百万农业科学家、农民企业家、驻村干部与广大农民逆向而行的坚守与奉献。俊辉生活工作在杨凌农业高新技术产业示范区，借媒体为农业鼓与呼正是他日常的主要业务之一。他以《守望初心》为题，把笔触伸向平凡人物，记录塑造了非农化时代的涉农群体形象，完美地诠解了"执农不弃"的初心与精神。

即此为序，推介俊辉。

2022 年 4 月 12 日

（樊志民，西北农林科技大学教授，博士生导师，中国农业历史博物馆馆长）

目 录

contents

高掌平 / 摄

赵瑜

（小麦育种专家、陕西省道德模范）

"我有个固执的想法，不愿去当时的西北农学院和陕西省农科院等大的育种单位，就想找个条件较好的小单位，用自己所学独立搞育种，为小麦增产贡献点力量。"这就是赵瑜的初心。

赵瑜 〉〉〉

守望初心

　　车子开进陕西省扶风县豆村农场大门，然后往东拐个弯，映入眼帘的是一片绿油油的麦田。冬日早晨的阳光洒落大地，每一株嫩绿的麦苗尖上顶着一颗露珠，晶莹剔透，整个麦田弥漫着淡淡的雾气，犹如一幅精美的乡村水墨画。

　　满头银发的赵瑜就站在麦田边。此刻，他注视着麦田，目光中饱含着满满的慈爱，好像一位父亲注视着出生不久的孩子。

　　老人守望的麦田，是杨凌职业技术学院"赵瑜小麦研究所"的4公顷小麦育种试验田。他的身后是一座精致的关中小院，这是建成于2013年的"专家小院"，门楣中央"麦香苑"三个字苍劲有力。

---

　　* 本章节图片除署名外均由杨凌职业技术学院党委宣传部提供。

"'麦香苑'三个字是我的母校——中国农业大学党委书记张东军题写的。"赵瑜指着小院大门正上方的匾额对我说。无论是从他说话的语气还是脸上的表情，我都能感受到老人内心的那份自豪。

半个世纪前刚到豆村农场时，赵瑜在那半间破屋一住就是8年。1973年，陕西省农业厅修建了砖木结构小院，他搬进去整整工作生活了40年。从"麦田陋室"到"麦香苑"，在赵瑜看来，科研条件和生活环境已经发生了根本性变化。然而，在常人眼里，这些变化与这位1978年参加过"全国科学大会"的育种专家对中国农业所做的贡献相比，真是微不足道。

改革开放40多年来，赵瑜守望麦田，潜心钻研，创造出"低投入高命中率"育种奇迹。在60亩试验田里，他先后培育出5个小麦品种，累计推广面积8000多万亩，为农民实现增收48亿元。如今，80多岁的他仍坚守在豆村农场那片深情的土地上，继续着他钟爱的小麦育种研究。

"又一个'娃娃'就要诞生了!"

"告诉你一件喜事。"精神矍铄的赵瑜握着我的手，一边往"麦香苑"里面走，一边高兴地说。

"什么喜事? 快说来听听。"老爷子有喜事，那肯定是大喜事。

关注《农业科技报》"粮安天下"主题征文活动

"又一个'娃娃'就要诞生了！"赵瑜的脸上乐开了花。

耄耋老人，"娃娃"要诞生？对于不了解情况的人来说，听了这话，肯定是目瞪口呆。

"真是天大的喜事呀！恭喜赵老师。"我知道赵瑜所说的"娃娃"，是他培育的第六个小麦新品种——40多年来，他一直把培育出来的小麦品种视为自己的娃娃。这个消息让我也异常激动，我再次握紧赵瑜的手，向他表示祝贺。而在此之前，我和大多数人一样，并不知道赵瑜口中的第六个"娃娃"实际上从2007年就开始培育，历时11年，其品种特点为：矮秆、早熟、优质、高产。

我每一次到"麦香苑"，就是想听赵瑜讲他的育种故事，这一次也不例外。

出生于1935年的赵瑜研究员，老家在甘肃省永登县西部山区农村。小时候，赵瑜目睹了乡亲们日出而作、日落而息辛勤劳作，却依然食不果腹的生活现状，这在他幼小的心灵刻下深深的印记。他说："儿时的记忆，是我后来从事农业科研的原始动力。"为此，高考成绩完全可以报清华、北大的赵瑜，毅然选择学农，以第一志愿考入农业高等学府——北京农业大学（现中国农业大学）。

"搞育种离不开土地和农民。"这是赵瑜的恩师、全国著名小麦育种专家蔡旭院士说过的一句话。赵瑜说："恩师的教诲终生难忘。"

1959年北京农业大学毕业时，赵瑜门门功课优秀，又是代课教师眼里的科研尖子，但是他的选择却让师生们万分惊讶——谢绝留校，要去陕西。

熟悉赵瑜的人都说，他身上有股拗劲儿，认准的事一定要坚持到底。这让他每每在人生道路的十字口，总会做出常人难以理解的选择。从甘肃永登到北京，再从北京到西安，最后落脚在一个偏僻的小农场——豆村教学试验农场。提起当年来到豆村农场的那一刻，赵瑜这样感叹："站在暖暖的春风里，我觉得这就是自己一直寻找的能让梦想生长的地方。"如今我们回望赵瑜人生轨迹，一路的选择都指向了小麦育种。

让赵瑜没想到的是，刚到陕西，他被组织上安排在陕西省农业厅科教处工作。整天坐在办公室，怎么搞育种研究？他暗暗着急。和领导软缠硬磨了10个多月，赵瑜终于如愿以偿，把自己"下放"到位于陕西省武功县杨陵镇的原陕西省武功农业学校（今杨凌职业技术学院）。

"我有个固执的想法，不愿去当时的西北农学院和陕西省农科院等大的育种单位，就想找个条件较好的小单位，用自己所学独立搞育种，为小麦增产贡献点力量。"这就是赵瑜的初心。

当时中专学校不搞科研，他就结合自己所教的《作物遗传育种》课，利用教研组的一小片农作物标本地和育种实验室简单的仪器设备，从零起步搞起了小麦育种研究。宿舍的床下、桌子上放的、纸箱里装的、墙上挂的，不是种子袋就是未脱粒的麦穗。

1965年春，陕西省农业厅将下属豆村农场划归学校作为教学试验用地，赵瑜喜出望外，带着学生抢先下到农场。

当初的豆村农场因为条件十分艰苦，被一些人戏称为农校的"西伯利亚"。赵瑜刚到农场时，住在四面漏风的草棚里，之后8年当中几次变迁也都是半间陋室。1973年，陕西省农业厅给农场建了一个砖木结构的小院，赵瑜的科研条件相对得到改善。农场虽然条件艰苦，但地势平坦，土质良好，所处地理位置不仅能代表关中地区的生态环境和农业生产条件，而且对黄淮麦区同类生态地区也具代表性，所以对赵瑜而言，这是梦寐以求的育种"宝地"。

小麦育种工作周期长、难度大，当初没经费、没仓库、没机械设备，试验田的播种、收割、脱粒全靠人工操作，十分艰苦。第一个品种"武农132"开始推广，赵瑜拿到了省农业厅给的第一笔1500元科研经费，后来不定期会给些少量经费。为了研究工作不致中断，剩下的经费缺口只有自己想办法。

几十年过去了，一届届师生、一任任场长，来了、去了，只有赵瑜一个，一待下就没挪过窝。就是在这里，他的五个姓"武"的"娃娃"——"武农132""武农99""武农113""武农148""武农986"相继诞生。

一说起五个姓"武"的"娃娃"，赵瑜满脸兴奋，滔滔不绝：

"老大叫'武农132'——1968年培育成功。抗寒、抗旱、抗病、早熟、丰产，亩产水平300～350公斤，旱肥地亩产400公斤以上，比当地原有品种增产10%～30%。该品种综

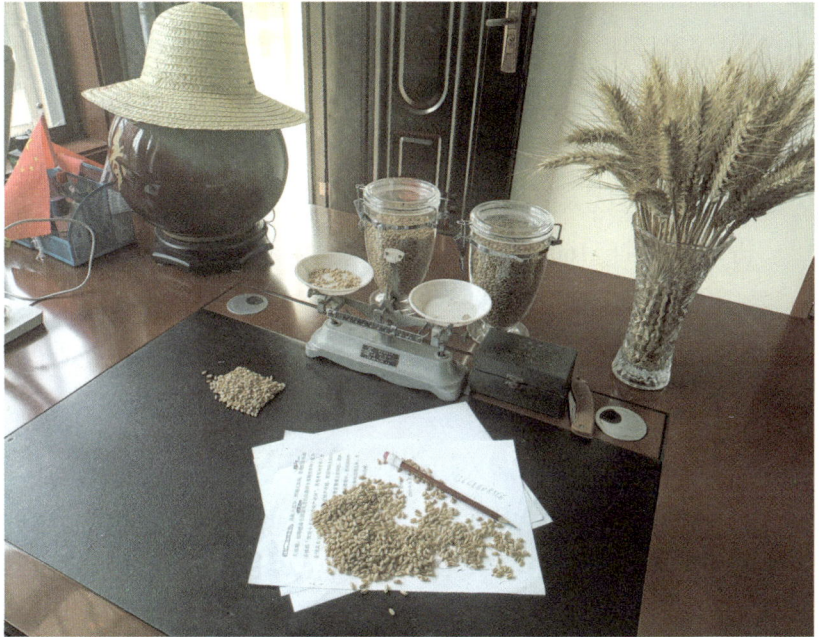

赵瑜老师的工作台

合性状稳定，寿命长，生产应用10多年，省内外累计推广面积3000多万亩。农业部（现农业农村部）曾多次征集该品种植株标本出国展出。也正是因为有这个成果，1978年春，我作为陕西省农业系统的代表，有幸参加了全国科学大会。

"老二叫'武农99'——20世纪70年代培育成功的抗吸浆虫品种，能有效控制小麦吸浆虫的危害，亩产水平400～500公斤，在吸浆虫发生年份仍能增产20%以上。不仅在关中地区大面积推广，同时还推广到黄淮麦区其他省份，累计推广1600多万亩。

"老三叫'武农113'——20世纪80年代培育成功，属大穗大粒高产品种。因为栽培条件要求比较高，仅在适宜地区推广种植了几年。

"老四'武农148'——20世纪90年代培育成功，优质、高产、多抗、广适，最高亩产达614.8公斤，较对照品种增产12.1%，很快成为整个关中地区的主栽品种。随后几年，通过引种试验，推广区域向西推进了1000多公里，在甘肃兰州地区改种春小麦为冬小麦获得成功。

"小五叫'武农986'——2009年通过陕西省审定。生产表现越冬性好，秆硬抗倒，田间综合抗病性好，穗大粒多，千粒重45克，亩产水平500～600公斤，适宜在关中灌区及其他同类生态地区种植。经陕西大型优质面粉生产企业制粉和烤焙面包试验证明，加工品质优良，磨粉食用，蒸馒头、做面条、包饺子白亮有筋，食味好。2010年，这个品种获陕西省重大科技创新'两高一优'产业化示范项目支持；2011

年，又获农业部 (现农业农村部)'原种扩繁基地建设'项目支持。"

介绍五个"娃娃"的时候，赵瑜脸上洋溢着浓郁的自豪感，犹如一位光荣的父亲讲述自己含辛茹苦培养出的五个优秀子女。

"我就是要到基层搞育种"

只要是赵瑜认准的事，九头牛都拉不回来。比如他放弃留京到陕西；再比如他放弃留在省农业厅机关工作，把自己"下放"到了武功农校。到了农校，他又在别人不解的目光中，兴冲冲地再次把自己"下放"到离学校几十公里外的豆村农场。

曾经有记者问赵瑜："你在豆村农场几十年，不感到寂寞吗?"赵瑜回答道："豆村农场是我的选择，这里有我的事业，干自己喜爱又符合人民需要的事业就不会寂寞，而且乐在其中。"

2017年7月3日，《中国教育报》头版头条刊发了题为《麦田追梦人》的通讯，讲述了赵瑜50多年扎根偏远农场潜心育种的感人故事。同样在头版，《中国教育报》还配发了评论员文章，其中一段这样写道："做一件好事并不难，难的是一辈子坚持做好事；做出一项科研成果并不难，难的是一辈子坚持在一线搞科研。在西北地区较为艰苦的自然环境和科研条件下，赵瑜克服工作和生活上的重重阻碍，矢志专攻小麦育种技术，一干就是半个多世纪，为提高我国小麦产量和品质做出突出贡献，是名副其实的'麦田追梦人'。"

有一次我来"麦香苑"，我拿着《中国教育报》，轻声读出了评论员文章的题目——《执着和大爱铸就"工匠精神"》。"哦？还配发了评论？之前我都没注意，快让我看看。"赵瑜笑着伸手向我讨要报纸。

聊起过去育种岁月的艰难困苦，赵瑜的表情凝重了许多。他说，最揪心，感到最孤独，甚至让他几近绝望的，是"文革"期间豆村农场那次归属权的变故。

1970年，豆村农场大面积种植了他培育的第一个品种"武农132"原种。赵瑜看着绿油油的麦苗，心潮澎湃，麦浪滚滚的丰收场景似乎就在眼前。

正当赵瑜沉浸在喜悦当中时，一个突如其来的消息如一盆冷水从头上泼下来：豆村农场划给了别的单位。赵瑜急了：他选育的所有育种材料都在试验田，如果把豆村农场全部交出去，10多年育种心血将付诸东流！那一天，赵瑜坐卧不宁、茶饭不思，整个人都快崩溃了。

冷静思考之后，他多方奔走，找场领导，场领导做不了主，就带着他找校领导；校领导也拿不住事，又带着他找省农业厅领导。在为育种到处"求情"的日子里，这位曾经何等坚强的西北汉子几度落泪。赵瑜和场长郭玉巍从麦苗返青跑到麦子拔节，事情终于有了转机，省上主管部门同意，农场60亩育种试验田由赵瑜收割，其他小麦由新的接管单位收割。

那可是1200多亩原种啊，当粮食吃了太可惜！赵瑜痛惜中又感到庆幸，保住育种材料就保住了育种物质基础，也就保住了命根子！

农场移交了，其他师生都撤回了学校。赵瑜孤身搬到了距离豆村农场二三里之外的信义村，在村干部的帮助下，住到一位姓冯的农户家里。村民们都认识赵瑜，他们说，赵老师为咱们农民育种，咱们得帮助赵老师。首先得解决吃饭问题，村上决定村民轮流做东。为了赵瑜吃饭不重样，往往是这家悄悄问上一家，给赵老师吃的什么？这让赵瑜心里很过意不去。他每天赶到试验田，照常进行观察记载和田间选择等工作。但为了减轻村民负担，他常常带些干粮和开水在地头凑合一顿午饭。临时住的屋子没有电灯，晚上看书写材料的习惯也中断了。坚守到当年夏收后，为了不改变育种基地的生态条件，赵瑜搬到十多公里外的扶风县召公镇省农业厅所属巨良农场继续育种研究。

也许是他坚韧不拔的毅力感动了上天，3年后，豆村农场归属权又回到了学校手中。赵瑜得知消息后，高兴得像个孩子，差点蹦起来，他又重新回到了朝思暮想的豆村农场。

如今回想那段往事，赵瑜说，60亩育种试验田能保留下来，当时的农场场长郭玉巍、校领导白衡斌以及省农业厅老厅长鱼得江功不可没。

在豆村农场的50多年里，赵瑜和当地的农民群众结下了深厚的情谊。每每到农民家里，他不是直接坐上炕，就是

照准目标　矢志不渝

随便拿个小凳子坐下，和农民拉家常，聊收成，就像在自己家一样随和亲切。走在豆村农场附近的路上，村民们老远就打招呼，年龄大的叫他"赵老师"，年龄小的喊他"赵叔"。

在赵瑜的身上，有着对农民群众的深情厚谊和对脚下这片土地的热爱与担当。2007年前后，赵瑜去甘肃永登进行春小麦改种冬小麦试验示范工作。所用的"武农148"种子，都是他从陕西运去，无偿提供。后来，"武农148"扩大推广面积，用种量增大，他自己贴上运费，低价供给当地农民。

陕西省武功县武功镇凉马村被称为"武农148种子村"。在赵瑜的帮助下，凉马村不仅实现了小麦增产、农民增收，还通过良种繁育实践和科技进村入户，提高了农民科技水平，使大家学会了良种繁育技术。对此，赵瑜却说："凉马村也为小麦良种造福更多的农民群众，发挥了积极作用。"

平均每10年就有一个小麦新品种问世，这样的速度在小麦育种界是不多见的，这种"低投入高命中率"的育种法也被概括为"赵瑜育种法"。

赵瑜究竟是怎么做到的？

他对我说，其实就是结合实际条件，在实践中不断摸索创新，不断总结提高。"少投入"有客观条件限制的原因，但从主观上讲就是育种过程中在"精"和"准"上下功夫，尽量减少无效劳动。关于"高命中率"，一是把好种质资源基础关，根据育种目标，选用最佳亲本，组配好杂交组合，尽可能创造育种目标变异；二是做好田间试验的可靠性和对育种材料的动态观察记载，做到对所有育种材料的田间表现了如指掌，这样在选择时决定取舍就心中有数，减少盲目性，大大提高命中率。

小麦育种和农业生产息息相关。为了了解掌握广大服务地区农业生产对品种的要求，赵瑜每年秋播都要在服务地区选有代表性的点安排品种试验；在不同生育期，特别是成熟期都要下去选点进行调查研究，倾听农民群众的意见。

早年间，赵瑜唯一的交通工具就是那辆前无瓦圈、后无座架、辐条断了好几根的自行车。每次出去，他先骑车到县城，再转长途汽车，就这样跑遍了关中地区所有不同生态地区。

"很多人笑我傻，其实我心里明白得很。"追忆过往，赵瑜认真地说，"这辈子我就一个想法，培育小麦良种，造福国家和人民。如果没有那些舍弃和坚持，我也不会有现在的成绩，这把年纪也不可能继续做自己喜爱的事。"

参加"全国科学大会"

在"麦香苑"赵瑜办公室的墙上，那幅一米多长的黑白照片格外醒目，吸引着每一位来访者的眼球。那是1978年4月2日在北京参加全国科学大会，党和国家领导人亲切接见西北五省区参会代表时的合影。赵瑜指着照片介绍说："这是我们陕西省11位农业系统代表永生难忘的美好瞬间。"

那一年，赵瑜43岁。如果在其他领域，43岁已经不是年轻人了，可是在全省农业科研系统的11名代表当中，赵瑜是年龄最小的一个。时隔40年，赵瑜还清楚地记得，当年和他一起参加大会的陕西省代表还有赵洪璋院士（小麦良种"碧蚂1号"培育者）、林季周研究员（玉米良种"陕单1号"培育者）以及中国著名土壤学与水土保持专家朱显谟院士（中科院资深院士）等科学家。

40多年前的那次全国科学大会为期近半个月，出席代表6000多人，不论是会议规模还是重视程度，都堪称史无前例。邓小平在开幕式上发表了重要讲话。他提出的第一个问题，是对科学技术是生产力的认识问题。邓小平明确把科学和教育联系在一起，提出了实施"科教兴国"的宏伟战略。面对世界列强对中国的封锁，面对"文革"后的千疮百孔，邓小平坦言："我们祖先的成就，只能用来坚定我们赶超世界先进水平的信心，而不能用来安慰我们现实的落后。"

赵瑜说，邓小平同志客观、坦诚、实事求是的讲话，不时引发全场经久不息的掌声。邓小平又讲道："知识分子是工人阶级的一部分。""科学技术是生产力。"

40年后回想往事，赵瑜再度热泪盈眶。他说，当时会场的许多人都哭出了声，有些年迈的科学家激动得全身战栗。

在赵瑜看来，当年人民大会堂一次又一次雷鸣般的掌声，分明就是响彻北京上空的阵阵春雷。

全国科学大会结束不久，各省、自治区、直辖市也纷纷召开科学大会。在陕西省召开的科学大会上，赵瑜被省委、省政府表彰为"先进个人"；他培育的"武农132"小麦品种获得科技进步奖。

在我们党的历史上，党的十一届三中全会无疑是一个里程碑。让赵瑜感到无比幸运的是，党的十一届三中全会闭幕刚刚四天，也就是改革开放的号角刚刚吹响，他光荣地加入了中国共产党，成了农业育种一线的一名共产党员。

全国科学大会后，全国上下都在积极改善科技工作者的政治地位和生活待遇。和赵瑜一起进京参会的一位专家，后来当选了副省长。参会的大多数人也都成了各自单位的领导成员。可是赵瑜依然坚守在豆村农场，出行还是骑那辆破旧不堪的自行车。武功农校也曾几次提出要提拔赵瑜当领导，都被他婉言谢绝。学校领导又提出关照他的生活，赵瑜却说："搞育种整天和农民打交道，一旦搞了特殊化，就会和群众拉开距离，说话都不硬棒（方言，硬气）了，怎么能了解实际情况？"

"想当官我当年就不会下基层"

1982年，中共中央发出《关于检查一次知识分子工作的通知》，要求进一步消除对知识分子的偏见，真正做到政治上一视同仁，工作上放手使用，生活上关心照顾。这份通知在全国各地掀起了提拔重用知识分子的热潮。

1983年，武功农校领导班子新老交替之际，学校党委书记马伯援到豆村农场动员赵瑜："你是北京农大毕业的高才

和农户交流是必修课　　　　　高掌平 / 摄

生，教学业务拔尖，科研成果突出，在全省也很有名气，学校党委向省农业厅提名，让你出任武功农校的领导。"赵瑜急忙说："不行不行，我一生从来没想过要当领导，再说了，要是想当领导，当年我就不会离开农业厅，不会下基层。"

马伯援说："你再考虑考虑。我们已经把你推荐上去了，省农业厅也有这个意思。我们这是落实知识分子政策，重视人才。"

没想到赵瑜态度更加坚决，他说："马书记，你代我感谢组织关心。我现在这样非常好，除了一心一意搞育种，其他的担子我担不起。"

听说后来马伯援老书记还不死心，搬来省农业厅分管人事的副厅长到豆村农场说服赵瑜。赵瑜还是婉言谢绝。最终，马伯援和副厅长无功而返。回想这段往事，赵瑜说："我当时真的很感动，但是我有我自己的梦想，不能为了当领导而放弃梦想吧。我当时对副厅长说，我理解领导的关怀和爱护，请组织还是让我一心一意搞科研吧。"

赵瑜一生淡泊名利，这让许多不了解他的人难以理解，甚至有人在背后讥笑赵瑜太傻。从当年的武功农校到如今的杨凌职业技术学院，校名虽然变了，但是，赵瑜拒绝当领导的故事却一直在流传着。

1996年，赵瑜到了退休年龄。他担心自己不能继续搞育种，为此辗转难眠。最后，他抱着试试看的态度，给时任陕西省省长写了一封信，希望继续发挥余热，从事自己的育种事业。赵瑜没想到，省长很快将他的信批给了学校的主管上级单位——陕西省农业厅，明确表示支持他继续搞科研。

1997年，国家杨凌农业高新技术产业示范区的成立，以及后来杨凌职业技术学院与企业共建实训基地的合作，为赵瑜的育种事业提供了更为广阔的平台。活到老、学到老、干到老、不服老，赵瑜撸起袖子，犹如刚参加工作的壮小伙，干劲十足。

"其实我并不寂寞"

生活当中，赵瑜是一位朴素到极致的人。

2012年11月，赵瑜受邀进京，参加中央电视台年度"三农"人物面对面活动。由于常年下地，赵瑜很少穿皮鞋，所以当赵瑜准备进京时，家里竟然找不到一双像样的皮鞋。儿子要去给他买新鞋，被他严厉制止。送走了儿女之后，老伴从鞋柜里翻出来一双儿子几年前给他买的一双带有小窟窿的皮鞋，赵瑜说："这不就得了嘛！"他擦了擦鞋上的灰尘，穿上就出发了。不知道是大家没注意，还是看到了没人说破，总之，这位享誉全国的小麦育种专家、年度"三农"人物，在寒冬时节，穿着一双皮凉鞋走进了央视演播大厅。

这还是作家李康美和赵瑜聊天时聊出来的细节。赵瑜这才知道，那种带有许许多多小窟窿的皮鞋叫皮凉鞋。

2013年，李康美撰写长篇人物传记《麦田生命的守望》一书，和赵瑜相处了很长时间。那段日子里，李康美时常望

武农系列小麦品种扩繁喜获丰收

着赵瑜的满头银发发出这样的赞叹："一个科学家，半个世纪的坚守，待在一个偏僻的地方不挪窝，始终保持着农民本色，这该需要多么坚强的信念和毅力啊！"

这就是赵瑜，麦田里忠实的守望者，我们可亲可敬的育种专家。

有人以为，赵瑜选育推广了那么多小麦品种，肯定赚了很多钱。如果细算下来，赵瑜的育种研究成果确实产生了巨大的经济效益，帮助农民实现增收数额以亿计算，可是他并没有为自己挣到多少钱。按照种子管理的相关法规，转让品种经营权合理合法，但是赵瑜坚持不卖品种经营权，他想的是，依靠更多的种子企业加大品种推广力度，在更大的区域内实现增产增收。所以赵瑜始终是一位清贫的育种者。

许多人到过豆村农场后说："赵老师真耐得住寂寞。"

赵瑜却说："其实我并不寂寞。"

因育种工作需要，赵瑜经常下乡考察，即便七八十岁，也还经常在省内外奔波。农民们说："赵老师太辛苦了！"赵瑜笑着说："和种子打交道，和农民打交道，经常下农村，看到农民群众一张张笑脸，我乐在其中。"

从赵瑜把自己"下放"到武功农校，再到豆村农场，半个多世纪的时光改变了世间万物，而在赵瑜身上，初心和使命从未改变，劳作与创造也从未停止。

耄耋之年培育特殊类型小麦品种

"小麦的品种类型很多，过去和现在生产上推广的，是以亩穗数为主导穗粒数和粒重协调的类型。"在"麦香苑"赵瑜的工作室，老人一边喝茶，一边给我讲述他最新的科研成果："现有品种亩穗数达到甚至超过极限，就会制约其他两个因素，从而影响产量和品质提升。基于这个原因，我从20世纪90年代就开始考虑研发培育'大穗大粒产量和品质俱佳的新类型小麦系列品种'，历经20多年的研究，已经有了重大突破。"

这又是一个让人振奋的好消息。

赵瑜说，最新育成的"大穗大粒优质高产特殊类型小麦系列品种"，2017年在农业部（现农业农村部）种子管理局和全国农技推广中心有关领导的直接关注和支持下，根据其特殊性，经研究按最新发布的《国家农作物品种审定标准（国家级）》中"特殊类型品种"，在武农系列品种预期适应地区的黄淮南片北部和北片南部7省选择19个试验点，安排了"大穗大粒优质高产特殊类型小麦系列品种区域生产试验"。

"今年进入第二年。"赵瑜补充道。

我进一步了解到，这项特殊类型系列小麦品种试验模式，是继袁隆平"抗盐（碱）特殊类型系列水稻品种试验"后，在全国是第二例。如试验顺利通过国家审定，必将对提高我国小麦单产和综合生产能力发挥重要作用。这项研究成

赵瑜老师在麦田查看小麦长势

果也将成为我国小麦育种史上一项重大突破。

央视一套著名节目主持人撒贝宁主持的《开讲啦》栏目，曾邀请著名农业历史专家、中国农业历史博物馆馆长、西北农林科技大学教授樊志民开讲。互动环节有网友问樊教授："如果用一种农作物形容自己，您会选什么？"樊教授不假思索地回答："小麦。"他进一步解释说："小麦是五谷当中，唯一经历春夏秋冬的农作物，可谓吸收了天地之精华。"

而此时，我眼前这位耄耋老人，这位半个多世纪坚守麦田的杨凌育种专家，他的肤色，多么像小麦的颜色。我在想，研究农业历史的樊志民教授说自己是"小麦"，把毕生精力奉献给共和国育种事业的赵瑜研究员，何尝不是坚韧不拔、历经酷暑严寒的"小麦种子"！

就在第25届中国杨凌农高会召开前夕，杨凌示范区主导的杨凌农科种业有限公司揭牌，杨凌种子贸易广场同时启动，我们的赵瑜研究员，作为应邀嘉宾出席了这场隆重的仪式。

"领导们都很关心我的身体。"说起那天的情景，赵瑜的脸上洋溢着灿烂的笑容。他接着告诉我："不管是种子贸易广场启动，还是今年农高会设立种子专题馆，都说明我们对种子产业的重视程度，同时将种业提到了前所未有的高度，这是民之幸事、国之幸事啊！"

是啊！粮安天下，种铸基石。把所有的资源整合在一起，加大良种培育和推广的支持力度，打造种子企业集群，

每年都要深入他的小麦品种推广区域了解情况

赵瑜老师在试验田给参观者讲解育种情况

让杨凌的"金种子"迈向全国，走向世界，这是多么宏伟的千秋大业啊！

在赵瑜的书柜里，我看到整齐摆放的一排荣誉证书——"优秀共产党员""道德模范""先进个人"……面对荣誉，赵瑜却说："我只是做了一名农业科技工作者应该做的工作，仅此而已，党和人民却给了我至高无上的荣誉。"

作为拥有40年党龄的老党员，赵瑜无时无刻不关心国家的发展。他说，党的十八大以来，习近平总书记的治国理念深入人心。"能在有生之年，见证我们的民族朝着伟大复兴的征程上迈进，这是我的荣幸。"赵瑜说，"我想着在这个伟大征程中，从一名农业科技工作者的角度，为国家和人民多做点贡献，是我此生最大的心愿。"

每一次到"麦香苑"，聆听赵瑜的育种故事，我总是被老人执着的奉献精神打动，这一次更不例外。

离开"麦香苑"时，赵瑜拉着我的手问："丫头应该上初二了吧！"三年前，我把赵瑜老师的育种故事讲给上小学五年级的女儿听，孩子也被赵爷爷的精神感动。后来在杨凌小麦文化节的现场，女儿见到了她仰慕已久的赵爷爷，回去后写了一篇赵爷爷育种的作文。没想到这篇作文后来获得了陕西省中小学生作文大赛二等奖。去年我带着孩子到"麦香苑"看望赵老师，她捧着获奖证书，和赵爷爷在"麦香苑"门口合了影。没想到赵瑜老师还惦记着我的小丫头。

车子缓缓离开了豆村农场，通过后视镜，我看到赵瑜老师依然站在"麦香苑"门口，守望着那片绿油油的麦田。我突然觉得，半个多世纪来，赵瑜守望的，不仅仅是他的麦田，更是他此生不改的初心。

2019年2月

王建人

（西安市劳动模范、蔬菜育种专家）

"让更多的群众通过学技术迈上致富路。"创业几十年来，王建人一直坚守着这样的初心。育种基地从老家临潼辐射到渭南、咸阳、宝鸡等地。走南闯北谈合作，建基地，指导农户共同致富，借助改革开放的东风，王建人的步子越迈越大，路越走越宽。

王建人 >>>

心作良田

　　"娃呀，这一万元奖金，是我当初的承诺，现在应当兑现了，祝贺你考上研究生!"当王建人把一沓现金递到张尧(化名)手中的时候，张尧忙摆摆手说："谢谢王伯伯，我已经可以自食其力了。"可王建人还是坚持把钱塞到张尧的手中，那份坚定让她无法拒绝。

　　望着眼前这位肤色黝黑、和蔼可亲的老人，张尧的眼眶再次湿润。她暗下决心，一定要学有所成，回报社会。考研成功，无疑又一次增强了她实现梦想的信心。

　　从陕西中医药大学考上苏州大学研究生的张尧要去苏州报到，临走之前，她专程赶到陕西杨凌，看望资助她完成大学学业的老人王建人。夏日的农科城杨凌骄阳似火，这一老一少感人的对话场面，犹如一缕清风拂面而过，带走诸多燥热，留下几许凉爽。

（一）

张尧生在陕西省西安市临潼区一个农民家庭。2008年，正上初二的张尧接到家里传来的噩耗，48岁的父亲病逝了。这个原本就不宽裕的家庭倒了顶梁柱，张尧感觉天好像塌掉了一半。让她没有想到的是，在父亲病逝一年之后，身患重病的母亲也撒手人寰。年迈的奶奶抱着张尧，祖孙二人哭得昏天暗地，许多前来帮忙料理后事的村里人也忍不住抹起了眼泪。

生活的艰辛使得张尧比其他同学更懂事，更能明白学习的重要性，她比以前更加用功。那年中考，她以优异的成绩考上了西安市临潼区重点高中。暑假的一天，奶奶拉着张尧的手流着泪说："孩子，奶奶实在供不起你上学了，高中咱就别上了。"

为了不使奶奶难过，张尧咬着嘴唇说："那我就不上了。"当她转身去村里商店买东西的路上，委屈、失落、无助，像乌云压顶一样，压得她喘不过气来，眼泪像断了线的珠子，洒落一路。张尧知道奶奶的不易，可是她更不甘心就这样放弃学业。自从父母相继病逝后，张尧就暗下决心，一定要努力学习，将来学医，当一名救死扶伤的医生，帮助更多的人解除病痛。可是这个梦想不能就这样破灭吧？张尧想到了舅舅。后来在舅舅的资助下，她如愿以偿，进入了高中学堂。学费问题解决了，伙食费又是一个大问题。张尧在心里对自己说，这个问题一定要自己解决。

她找到了学校食堂的负责人，诚恳地说明了自己的情况，请求食堂给自己一份洗碗的工作，不要工钱，她要用自己的劳动解决吃饭问题。食堂负责人被张尧的坚强打动了，同意了她的请求。从那以后，许多同学吃完饭离开食堂的时候，都会看到张尧收拾碗筷的身影。刚开始的时候，张尧非常害怕同学们惊诧的目光，后来她暗自鼓励自己——靠自己的双手劳动获得饭吃，不丢人。坚定了这样的信念，张尧每天笑对每一位同学。她的自强不息赢得了老师和同学们赞许的目光。就这样，从高一到高二，张尧在学校食堂打了两年工。高三时学习紧张，她辞掉食堂的工作，把全部精力集中到学习上，备战高考。

功夫不负有心人。那年高考，张尧以优异的成绩考上了梦寐以求的大学——陕西中医药大学，选择的专业是临床学。离实现梦想又近了一步，张尧忍不住流下了激动的眼泪。她十分珍惜来之不易的学习机会，比以前更用功了。从大一开始，她就给自己树立了目标，考研，一定要考研，到更高层次的医学学府深造。

世事多变，大二那年暑假，与她相依为命的奶奶病逝。张尧感觉自己彻底成了一名孤儿。在亲戚的帮助下，她安葬了奶奶，开始为自己的学费奔波。她找到了街道办事处，询问有没有资助困难大学生的项目。工作人员说有是有，但是

在侄子王强（右）的基地了解制种情况

没有名额了。当无比失落的张尧转身离开的时候，工作人员喊住了她，让她留下家庭住址和联系方式。虽然不抱多大希望，张尧还是工工整整地留下了自己的联系方式。她也没有想到，通过这样的方式，她遇到了生命中的贵人。

这位贵人就是王建人。

年近七旬的王建人也是西安临潼人。回到临潼老家，村民们热情地喊他"王书记"，因为他曾经担任过三届村支书；离开临潼，有人喊他"王老师"，因为他在番茄制种领域可谓大名鼎鼎，指导帮助过许多农民通过蔬菜制种迈上了致富路。可是他在很多场合说："咱就是个农民。"

作为当年的明星村支书，王建人和街道办的干部非常熟悉。那年回乡，他专门去了一趟街道办，找到相关工作人员，表达了自己的一个心愿——资助品学兼优的困难大学生上学。街道办给他提供了前一天张尧留下的联系方式，就这样，王建人联系上张尧，还专程去她家里了解实际情况。临走时，王建人对张尧说："孩子，好好上学，学费的事不用担心，我来帮你解决。如果将来考上了研究生，我奖励你一万元。"从那年开始，张尧再也没有为每年的学费发愁了。

后来张尧才知道，类似她这样的大学生，王建人还资助了七八个，就读于延安大学临床医学的小佳就是其中一个。

小佳从小父亲去世，一直跟爷爷奶奶生活。2020年，爷爷因病去世，家里只剩下她和奶奶两个人相依为命。王建人通过临潼区扶贫办了解到小佳的实际困难，从2019年开始资助小佳上学。在小佳的眼里，王建人平易近人，和蔼可亲又非常低调，"让我感到非常温暖"。

和张尧一样，小佳的目标也是考研，在更高的学府深造，毕业后用实际行动回报社会，回报帮助过她的人。尽管她知道，王建人从一开始资助困难大学生完成学业，心里压根就没想过要得到什么"回报"。小佳说，学以致用，再把爱心传递下去，帮助那些需要帮助的人，也许这就是一种最好的"回报"。

近五六年来，王建人累计资助困难大学生的金额近百万元。

（二）

也许有人认为，从事蔬菜制种，种子繁育，学历肯定很高，在大多数人印象当中，只有专家教授才能干这样的工作。而王建人却是一个特例，就学历而言，他只读完了小学。之所以能成为行业翘楚，一切缘于他的勤奋好学和近40年的坚守。

王建人清楚地记得，那年小升初，他的成绩名列前茅。班主任老师从镇上帮他领到了初中录取通知书，回村里准备送到他家时，却看到了王建人的父亲被游街批斗的场景。老师犹豫了。那份通知书最终还是没有送达，他从此与上学无缘。这些都是王建人后来了解到的细节，但他从来没有抱怨过老师。

没有学上的王建人成了生产队里年龄最小的社员。白天随着大人出工，干一些力所能及的农活；晚上回到家了，与哥哥弟弟一起围在父亲身旁，听父亲讲历史故事。中华人民共和国成立前当过小学校长的父亲可谓满腹经纶。王建人兄弟四人，有两个哥哥，一个弟弟，父亲为他们取名王建中、王建华、王建人、王建民。在王建人的记忆当中，父亲是一个非常善良的人，小时候家门口来了叫花子，父亲总是想办法给弄点吃的。打小王建人就记住了父亲常说的一句话——人没有了给一口，胜过有了给一斗。小时候，他对父亲的话似懂非懂，随着年龄的增长，他理解了父亲所表达的善意。王建人说，如今在自己的能力范围内，帮助一些困难的孩子完成学业，很大程度上，是从小耳濡目染，受到父亲为人处世的影响。

当改革开放的春风吹遍关中大地时，年富力强的王建人兴奋不已，他隐约感觉到，大干一番的机会来了。

1984年，王建人跟随二哥王建华第一次来到被老百姓誉为"农科城"的杨凌，拜访当时西北农学院蔬菜专家崔洪文教授。崔教授建议王建人哥儿俩回去搞番茄育种，他负责技术指导并回收种子。当时崔教授给他们的番茄品种，是一项最新的育种成果，可是在全国很多地方制种都没有成功。在村里担任小队长的二哥王建华对崔教授说，我们带回临潼试试吧。回到村里后，二哥立即找到同村的另外3位村民，说服他们每人拿出半亩地一起制种。二哥让王建人参与，王建人却犹豫了。其实，他当时的想法，代表了大多数农民的观念——咱就一个没有文化的农民，怎么能搞蔬菜育种这样技术含量高的活？要是搞失败了怎么办？种种顾虑使得王建人没有勇气向前迈步。当看到二哥他们在农科专家的指导下整地、下种的时候，王建人在一旁悄悄观望。7个月后，二哥他们育种成功，半亩地竟然收入了1000元。

我的乖乖！不光是王建人，整个村子都轰动了，村民们做梦都没有想到，番茄制种这么赚钱！那个时候处于改革开放初期，村民们外出打短工，一天才能挣到1块钱。公社的党委书记一个月的工资还不到40块钱。王建人看到了致富的希望，他下定决心，要跟着二哥搞番茄制种。

（三）

改革开放初期，农业生产模式发生了根本性改变。除了解决温饱问题，国家通过各种措施，想方设法让农民的腰包鼓起来。仓中有余粮，手里有钱花，是农民的迫切要求。在农业生产领域，各种农作物的良种极度匮乏，其中就包括蔬菜种子。每个省的农科院，承担着培育良种的重要使命，而对于农业科学家培育出来的良种如何大面积繁育，成了众多农科院较为头疼的一个问题。经过不断探索，许多农科院采取了"科研院所＋农户"的模式，充分利用农民刚刚分到手的土地，指导他们制种，继而进行回收，按市场价格给农民支付报酬。在这样的合作过程中，科研单位不断总结经验，

采摘的是果实   收获的是希望

他们发现，选择一位科技意识强、有一定的组织能力并且信誉度好的农民，与之签订协议，再由他去组织农户制种，这样会减少许多环节上的麻烦。

王建人的二哥王建华逐渐脱颖而出，成了当年许多农科院积极争取的合作对象。

1985年，王建人跟着二哥，与全国十几家农科院合作，在专业技术人员指导下，组织更多的农户进行番茄良种繁育。到了1990年的时候，这样的合作模式不断扩大，繁育面积增加到数千亩。1993年，他们在临潼成立了番茄繁育场，繁育面积进一步辐射到咸阳市的三原县、西安市高陵县以及渭南市的一些县区。1994年，育种总面积首次突破上万亩。

也就在那一年，在朝邑村老支书的介绍下，王建人光荣地加入了中国共产党。然而对于长在红旗下，从小唱着"没有共产党就没有新中国"的王建人来说，在经历了"农业社"劳动和改革开放之后，内心深处早已明白：共产党领导下的中国，迎来了重大的历史发展机遇，每一位共产党员，都将成为参与者和见证者。积极向党组织靠拢，带领更多的群众依靠勤劳的双手，在广袤的关中大地上干出一番事业，是王建人当时最朴实的想法。

王建人对未来的发展有想法，朝邑村许多群众也有想法。在他们看来，只要跟着王建华、王建人哥儿俩搞蔬菜制种，就能赚到钱。那时候，许多农民只留一亩地种口粮和蔬菜，其余的土地都拿出来参与番茄制种。一批"万元户"就这样诞生了。

经过两年的试验，他探索的"塑料大棚番茄育种"模式，亩产杂交番茄良种达30公斤左右，比常规的露天育种产量高出3倍多，亩产值近万元，成为全国首创。除了与全国十几家省级农科院建立良好的合作关系，王建人与合作伙伴李晓东在制种事业发展过程中，萌发了培育自主知识产权番茄品种的念头。用他们的话说，这些年咱给别人养孩子，也该有自己的娃娃了。可是如何去攻克培育番茄新品种的科技难题？王建人与李晓东多次来到杨凌，找专家请教，在实践中不断学习、提升。

1999年，他们培育出了自己的番茄品种，取名"金棚"，这是一个很容易让人记住的商标，字面意思为金色的大棚。金，代表着收益；棚，是创收的设施。而从另一个层面上理解，金是丰收的颜色，预示着收获。带领更多的农户，通过设施大棚获得收益，这也是共产党员王建人为自己确定的奋斗目标。

经过不断发展，大棚番茄制种规模越来越大，也就在这个时候，村里其他搞番茄制种的村民却因缺乏先进技术而产量下降，不少村民退出了竞争。按理说，优胜劣汰是市场经济的自然法则，竞争对手越少，脱颖而出的优胜者就会赢得更广阔的市场和更丰厚的利润。而王建人却高兴不起来。那段日子，他吃饭饭不香，睡觉睡不着，他在冥思苦想一个问题："一个人赚再多钱又有什么用？"如果一味追求经济效益，这与他的初心背道而驰啊。经过一番思索之后，王建人做出了一个大胆的决定：把自己多年研究出来的制种技术无偿地提供给村民。他让技术人员开办培训班，为村民解决育种的技术难题；他深入到科技意识强的党员和科技示范户中，发动他们带头学技术，帮助他们熟练掌握蔬菜制种专业技能。在他的号召下，朝邑村先后有25人参加了西北农林科技大学函授班，取得大专学历，22人取得农民技术员证书，3人取得农艺师证书，朝邑村逐步形成了一个庞大的农民技术人员队伍。王建人本人也获得了高级农技师的技术职称。

"让更多的群众通过学技术迈上致富路。"创业几十年来，王建人一直坚守着这样的初心。育种基地从老家临潼辐射到渭南、咸阳、宝鸡等地。走南闯北谈合作，建基地，指导农户共同致富，借助改革开放的东风，王建人的步子越迈越大，路越走越宽。

（四）

2002年，正当王建人准备在番茄制种事业上大干一番的时候，他所在的村子党支部换届，拥有8年党龄的他高票当选为支部书记。回想起当年选举的场景，王建人依然很感动。他说，群众是最朴实的，你只要帮助过大家，哪怕是微不足道的事情，群众都会永远记着你的好。因为之前他带领大家走共同富裕的路子，在朝邑村广大党员干部的心目当中，王建人早已成了全村人的领头人。"咱不能辜负了群众

"金棚"品种西红柿长势喜人

和组织的期望啊！"就这样，王建人走马上任，而让他没有想到的是，这一干，在村支书的位子上整整干了三届。

王建人的老家——西安市临潼区栎阳街道办朝邑村，是一个拥有8个村民小组700多户3000多口人的大村子。上任伊始，王建人召集两委会成员开会商议，如何带领群众走出一条致富路。按照以往的惯例，新一届党支部和村委会主要领导上任后，两委会成员大多会做调整，即便是不会大换血，也会有个别委员的更替。王建人上任后，朝邑村原有的两委会成员，一个都没有换。不管是之前管理自己的育种企业，还是担任村支书，王建人都喜欢听不同意见。朝邑村的许多党员至今还记得王建人常说的一句话："在战争年代，敌人反对的事情，对我们来说是好事不是坏事。同样的道理，一个团队当中，不能没有反对的声音，我们就是要在不断的反对声中总结经验。"

经过多次探讨和外出考察，王建人决定带领全村群众走自己比较熟悉的蔬菜育种道路。为了让更多群众学习最新的农业科技知识，了解更多的市场信息，王建人给群众订阅了数十份《农业科技报》。当年11月，他租来一辆大巴车，分批次带领科技意识强的群众到100多公里外的杨凌，参加被誉为农业领域的"奥林匹克盛会"——中国杨凌农业高新科技成果博览会。那一年，在王建人的带领下，朝邑村建起了1000多亩蔬菜大棚。与其他地方蔬菜大棚不同的是，他们种蔬菜是为了育种。第二年，以西红柿育种为主导的朝邑村，大棚育种每亩产量50斤，那一年西红柿种子市场收购价每斤200元，一亩地大棚收入1万元。这样的亩产值，在2002年前后，是非常高的收入了。朝邑村许多群众通过一年的努力，就打了翻身仗，迈上了致富路。

作为村支书，王建人利用多种场合，给群众讲解自己所理解的国家方针政策。他常说，咱农民只有发展生产，生活才能宽裕；只有生活宽裕了，我们的乡风才能进一步文明，村容才能更加整洁，管理也会更加民主。

镇上催收农业税，一部分困难群众一时交不上，王建人从自己家里拿出15万元，替群众垫付农业税。每年党的生日，王建人自己掏钱，组织全村60名党员到革命圣地重温入党誓词，接受革命教育。

王建人担任了9年村支书，朝邑村群众人均纯收入翻了近三番，从最初的人均3000元增长到10000多元；朝邑村从一个名不见经传的普通村子，获得了"社会主义新农村建设省级示范村"的荣誉称号。家里人曾经粗略地算过一笔账，担任村支书的9年当中，王建人为村集体投入了四五十万元。卸任村支书那一年，他给上级党委的离职报告中写道，自己与朝邑村经济方面互不相欠——他一笔抹掉了多次为村里垫付的款项。现如今，王建人离职已经多年，朝邑村老老少少提起王建人，都说王书记是一个好人。对于王建人来说，能有这样的口碑，他已经很知足了。为群众干过什么，或许他自己已经不记得了，然而群众不会忘记，组织不会忘记。当选西安市"劳动模范"，被评为陕西省新农村建设"先进个人"，这无疑是组织对王建人的充分认可和高度肯定。

大冬瓜孕育着种子，也孕育着丰收的希望

（五）

"老王啊，我们有一项冬瓜的制种任务，你敢不敢接?" 2006年11月，接到湖南省农科院负责人的电话，从没搞过冬瓜制种的王建人不假思索地说:"敢接!需要多少量?"对方说需要1万斤。王建人当即赶赴湖南，签订了1万斤冬瓜种子的制种合同。同时，还顺带签订了一项10多亩的茄子制种合同。在查看茄子的制种合同时，王建人发现了这样的条款:"甲方(湖南省农科院)收到乙方制成的茄子种子60天后，检验合格，一次性付清乙方(王建人)的制种费用。"王建人当时对合同提出了异议。湖南方面以为合同条款对王建人不利，就让他说说看。结果王建人的回答让他们很惊讶。原来，王建人认为，检验茄子种子的品质好坏，要等到茄子成熟后才能看到结果，60天时间，根本无法断定种子品质的好坏。他说这样的合同，对甲方不利。面对王建人的坦诚，湖南省农科院的领导很欣慰，但是他们没有修改合同条款。

回到临潼后，王建人将5000公斤冬瓜的制种任务分布在临潼、富平、阎良和户县等区县的200多亩地。从2007年春季下种，到秋季收获，王建人每天骑着摩托车，奔赴在临潼、富平和阎良的各个制种点之间，定植、除杂、授粉;查看长势，了解情况，解决问题。户县相对较远，他就坐公共汽车去看冬瓜，解决合作农户在制种过程中出现的难题。与此同时，10多亩的茄子育种在临潼同步进行。他每天从早到晚，忙得汗流浃背，可他却乐此不疲。

当年秋季，王建人的团队完成了4000公斤的冬瓜制种任务。在此之前，陕西还没有冬瓜制种成功的案例，在全国许多省份农科院工作人员的印象当中，陕西是不能搞冬瓜制种的。结果，王建人改变了他们对陕西、对陕西人的认识。虽然没有如约完成5000公斤的任务，湖南省农科院的领导感到已经很不错了，他们对王建人这样敢于创新、勇于探索的合作伙伴非常满意。

在交付冬瓜种子的同时，10多亩地的茄子制种也完成了。已经练就了一双火眼金睛的王建人对湖南省农科院的领导说，冬瓜种子不会有问题，茄子种子当中，有30斤可能有点问题，提醒他们检测之后再销售。然而，面对供不应求的市场需求，湖南省农科院没有把王建人的提醒放在心上，那批被王建人怀疑有"问题"的茄子种子没有经过检测，销售到湖南岳阳。几个月后，岳阳传来消息，那批茄子种子果然出现问题，结出来的茄子形状和品种所特有的形状差异太大。按照农科院与农户的销售协议，农科院赔偿农户4万多元经济损失。

远在陕西的王建人得知此事后，立即起身赶往湖南。农科院的领导没有想到，王建人主动上门来承担责任。他们认为，按照之前的合同约定，王建人没有责任，况且还提醒过他们要做检测。而王建人不这样认为，他说，毕竟，这些问题种子是他提交的，他就应该主动承担责任。后来在他的坚持下，给岳阳农民的经济补偿，湖南省农科院和王建人各承担一半。当时负责制种的课题组许多人私下对王建人说:"老王,你不应该承担这样的责任,按照合同,即便打官司,你也输不了。"王建人平静地说:"打官司也许输不了,但是,我要是不承担责任,良心会不安;更何况,这也不是咱们陕西人的处事风格。我不能为了一点利益,把陕西人的人品丢在湖南。"

回到临潼后,公司有人问老王,你是怎么发现那30斤种子有问题?王建人说,在制种的过程中,每块地他都仔细

查看过,那30斤种子采收之前的长势,与其他种苗的长势有较为明显的差异,所以他就留心,将这30斤种子单独包装,原本想着农科院检测后,如果真有问题,也就不会流向市场。

"既然有怀疑,为什么还要收上来?"又有人提出了质疑。王建人说,如果不收,那位制种农户就会产生很大的损失。这是他不愿意看到的结果。

异样茄种的风波,教育了与王建人合作的所有农户,他们更加重视制种的品质了。这件事让湖南省农科院对王建人更是刮目相看,他们之间的合作关系比以前更加牢固了。

(六)

"王叔是个好人。"说这话的人不是朝邑村的村民,但是他对朝邑村很熟悉,曾经在朝邑村住过两个多月。他叫蔡义

勇，现任金棚公司研发中心主任。

2004年，毕业于西北农林科技大学园艺学院蔬菜专业的湖北小伙子蔡义勇，应聘到金棚公司。他是金棚公司招聘的第一个科班出身的大学生。当年金棚公司的主要育种基地在王建人的老家临潼。蔡义勇被安排到临潼基地，吃住都在老王家里。当年9月，蔡义勇返回母校攻读研究生。一般出现这种情况，只能辞职去读书，蔡义勇也是这样认为的。就在他即将离开朝邑村的时候，王建人代表公司和他谈了一次话，也正是那次谈话，让蔡义勇彻底改变了对这个看似不起眼的民营小企业的看法。

王建人当时对蔡义勇说："公司主要领导研究决定，你回去读书可以，但不要辞职，研究生的学费公司给你出，每月再发1000元的基本工资，要求只有一个，研究生毕业后，继续回公司工作。"多年后，蔡义勇说，当时他不假思索就答应了，因为他从王建人的眼神里看到了真诚，看到了一位农民企业家对知识、对技术的渴求。

2007年，蔡义勇研究生毕业，继续回到金棚公司上班。他对未来充满了信心，他知道，金棚就是自己实现梦想和人生价值的最佳舞台。2008年，在蔡义勇的倡导下，公司建立了"分子育种实验室"。此举让金棚公司成为当时全国首家创建"分子育种实验室"的民营企业。2009年，金棚研发中心又创建了"育种病理实验室"。

蔡义勇说，建一个两个实验室不难，难的是后期不断地投入。分子育种实验室最主要的工作，是对番茄的黄化曲叶

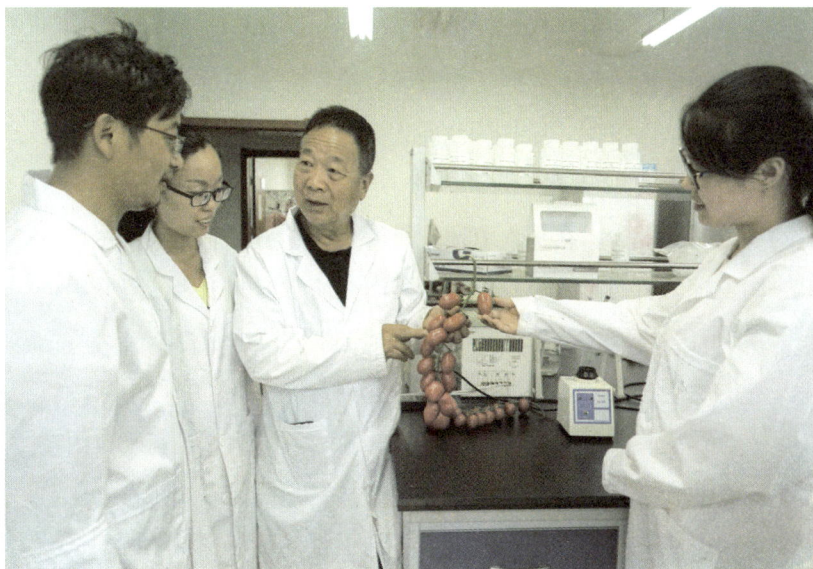

与研发团队共同探讨

病毒病、根结线虫、番茄斑萎病毒病、根腐枯萎病这几个主要番茄病害的基因进行鉴定，加快育种进程，做到有目的性地选择育种；而病理实验室的主要任务，是对番茄的根腐枯萎病、根结线虫、番茄灰叶斑等病害的田间病源进行分离，做好接种鉴定，结合分子生物实验的结果进行抗病材料的筛选。但是在研究过程中，许多事情都是未知数。蔡义勇起初担心短期内没有明显的研究成果，公司领导会对实验室失去信心。实践证明，金棚的掌舵人高瞻远瞩。实验室自建立以来，每年要投入几十万元，公司大力支持，确保科研经费一分都不能少。在用人上，更是放手，让新招聘的大学生自由发挥，并且给大家提供更多外出交流学习的机会。蔡义勇说，几乎全国性的行业研讨会，他们的团队成员都去过，所有的费用都是公司承担。如今，金棚的科技研发中心共有12人，这些骨干成员，除了西北农林科技大学的，还有来自山西农业大学和杨凌职业技术学院的学生。王建人非常看好这个研发团队，虽然自己读书不多，但是他明白"科学技术是第一生产力"。而以蔡义勇为代表的科研团队，也没有让王建人失望，金棚旗下各个基地所培育出来的番茄良种抗病性强，品质不断得到提升，得到各方的充分认可。10多年来，他们培育的品种推广面积达到了300万亩以上。

2011年，金棚公司在杨凌流转了100亩地，公司的研发中心也搬到了杨凌。公司给所有员工提供了宿舍，办起了员工灶，所有人食宿免费，解决了大家的后顾之忧。

而作为公司的主要创始人，王建人经常与大家同吃同住同劳动，在常人眼中，他根本就不像是一位老总。如果在公司门口遇到他，许多不认识他的人，绝对会以为他是看大门的老头。在员工蔡义勇心目当中，王建人是一位成功的企业家，更是一位好人；在儿女们看来，父亲的善良、朴实，以及从不计较个人得失的处世态度，时刻影响着身边的每一个人；在全国众多合作伙伴的眼中，王建人是一位值得信赖的人，合作30多年，王建人的人品和他所培育出来的番茄品种的质量一样，都是非常可靠的，这样的人，是值得一辈子交往的。

几十年过去了，如今王建人依然坚守在番茄制种一线，不管刮风下雨，不管是在太白山还是海南岛，或者杨凌和临潼的制种基地，员工们与合作的农户经常能看见他的身影。衣着朴素，常年不穿袜子，即便是雨天，也是光脚穿凉鞋，裤腿和脚上常常沾满了泥土。常有人不解地问："您都这把年纪了，该是颐养天年的时候，还这样卖力，到底图个啥？"王建人笑着说："咱是农村长大的，干了一辈子农业，对农业、农村和农民有感情，所以总觉得有使不完的劲。"

王建人常对子女和员工说，我们这一代人，小时候吃过苦，现在回头看，还是要感谢那个苦难的年代，因为只有在那样的环境下，才能磨炼人的意志。如今的好日子来之不易，这是新中国成立70多年来，特别是改革开放40多年来，我们中国人艰苦奋斗的成果，应当倍加珍惜。

2020年元旦刚过没几天，远在海南岛查看番茄制种的王建人得到了一个让他激动不已的好消息——公司参与的"茄果类蔬菜分子育种技术创新及新品种选育"项目，获得国家科学技术进步二等奖。王建人说，这是团队长期以来共同奋斗的结果，更是政府部门对民营企业在科技创新方面的充分肯定。

2020年1月17日，王建人在自己的微信朋友圈发布了国家科学技术进步二等奖的图片，他写了这样一句话："祝贺团队20余年精诚合作取得的成果。"除此之外，他和他的团队没有做任何宣传。那几天当中，他也婉言谢绝了许多记者的采访。

（七）

"曼利、铁柱，这两天抓紧把棚清理干净，下周争取把下一茬的苗子栽上。"车子启动前，王建人摇下车窗玻璃，再一次叮嘱赵曼利和范铁柱两口子。

七月中旬的关中平原，骄阳似火，没有一丝风。40℃左右的高温已经持续了好几天，地里一尺多高的玉米叶子拧成了绳。

古稀老人王建人冒着酷暑，带着两名骨干员工，从"农科城"杨凌赶到陕西省咸阳市礼泉县城关街道办李宁村，与

国家科学技术进步二等奖是对金棚人多年来科技创新的充分肯定种植户赵曼利夫妇一起采摘最后一批制种番茄，指导他们下一步的生产工作。与大棚外面相比，棚内的温度已经超

与西北农林科技大学二级教授、著名设施农业专家邹志荣（右二）
在山东新格林基地考察

过了50℃。为了赶进度，赵曼利一大早请来了常给她干活的两个帮工。于是，加上曼利两口子，一行7人，每人挽起一个竹筐，钻进了番茄大棚。曼利劝王建人不要进棚，在院子休息。王建人摆摆手说没事，说完第一个钻进棚里，干活的劲头一点不比40多岁的铁柱差。

36岁的赵曼利娘家在咸阳北部的永寿县，经人介绍嫁到了礼泉。建设施大棚之前，两口子经营着两亩桃园和两亩苹果园，但是效益都不理想，遇到行情不好的年份还会亏损。

2018年，陕西省礼泉县农广校选派有条件的种植户去杨凌参加陕西省农业职业经理人培训班，学期15天。具有大专学历的赵曼利成为了礼泉县两名代表当中的一个。在杨凌学习期间，想通过学习现代农业知识改变自己现状的赵曼利如饥似渴，经常提问。她的表现引起了班主任——西北农林科技大学继续教育学院培训中心主任刘德敏副教授的关注。后来在刘德敏的引荐下，赵曼利又认识了番茄育种专家王建人和陕西省高级职业农民王中来。

从杨凌学习回来不久，赵曼利听取了刘德敏、王建人和王中来几位专家的建议，对她的产业发展重新规划。2019年，赵曼利挖掉果树，投资七八万元，建起了两亩地的设施大棚。

第一年种的是甜瓜，由于行情不好，只收回了成本。2020年，在王建人的建议下，赵曼利开始学习番茄制种。那一年，由于提供种子的单位提供的亲本有问题，种子检测不达标，赵曼利夫妇制种失败。

"如果放到以前，肯定就心灰意冷了。"赵曼利坦言："是杨凌的学习经历给了我信心，是王建人老师的不断鼓励让我重新燃起了希望。"

然而，丈夫铁柱有点心灰意冷，他担心继续投资会亏本。2021年，赵曼利苦口婆心说服丈夫筹集资金，在王建人的指导下，又建了一亩地的设施大棚。这一举动，在李宁村大多数人看来，认为这两口子疯了。而赵曼利却不管这些，她一门心思扑在大棚里，每天起早贪黑，按照制种的技术要求，在学中干，在干中学。时常干到晚上仍然不知疲惫。铁柱还买来三盏头上戴的探照灯，方便晚上在大棚干活。为了抢农时，夫妻二人经常忙碌到晚上十一二点。村里人经常看到曼利家大棚里的探照灯一闪一闪，远处看去，像两只来回飞舞的萤火虫。

成功总是会青睐那选定了目标还能持之以恒的人。2021年，赵曼利的三亩大棚制种获得成功，按照她与王建人团队签订的合作协议，当年，赵曼利夫妇收入近15万元。这一年，他们不但收回了投资大棚的成本，更收获了继续发展大棚制种的信心。

王建人给赵曼利算了一笔账——2022年上半年，赵曼利的制种成效显著。7月中旬即将开始下一茬制种的准备工作，到10月份结束。年底之前大棚里还可以种一茬叶菜，供应春节市场。如果不出大问题，制种加蔬菜，全年收入20多万元不成问题。明年争取再建2亩大棚，面积扩大到5亩，以后的收入会更可观。

看到王建人给自己算收入账，一旁的赵曼利和丈夫铁柱乐得合不拢嘴。虽然皮肤晒得黝黑，但是脸上满是丰收的喜悦。

2020年，王建人与陕西省劳动模范、高级职业农民王中来携手，成立杨凌双模农业科技有限公司，在杨凌打造320亩的蔬菜育种基地。他认为，通过农业高新技术示范、推广、辐射，带动更多的农户实现增产增收，是国家赋予杨凌的使命。而帮助像赵曼利这样热爱农业、愿意留在农村的新一代职业农民走上致富路，是杨凌农业科技工作者义不容辞的责任。

和土地打了一辈子交道，王建人总觉得干不够。在广袤的良田耕作了几十年，其实，也是在精心耕作着自己内心的良田，正如古人所说的那样：心作良田，百世耕之不尽；善为至宝，一生用之有余。

不论是他深爱着的土地，还是内心深处的良田，对于王建人来说，都是神圣的净土，值得一辈子精心守护。

2022年7月

王中来

（陕西省劳动模范、高级职业农民）

作为改革开放后的一代农民，我是幸运的；作为新时期的职业农民，我将加强自身学习，不断开拓创新，在实践中带领更多的农户学习，充分利用杨凌得天独厚的科教优势，将合作社进一步做大做强，用实际行动回报政府和社会各界的支持。

农民劳模的心声

2022年6月，杨凌农民劳模王中来从中国劳动关系学院"劳模本科班"毕业了。

因为疫情防控的原因，学校没有举行毕业典礼，而是把毕业证和学位证寄给了每位学员。圆了大学梦，王中来激动之余信心满满，他想通过新技术和新品种的推广，带动更多的农民迈上致富路。让我们一起倾听这位农民劳模一路走来的创业心声。

我出生的村庄历史悠久

我的家乡地处陕西关中平原西部，村名叫陵湾，因为地处中国历史上有名的皇帝——隋文帝杨坚的泰陵东南侧，故而得名"陵湾"。泰陵以南，东西走向，约10里

参加中国工会第十七次全国代表大会

地，我们当地人称之为"十里陵湾"。《杨陵区村落文化》记载，旧时"十里陵湾"西起新集村东至上落兽村，长约五公里，古称"十里陵湾"。谚云："绛帐东望见隋陵，十里陵湾村连村。"即在此处，依次有陵东村、陵角村、陵湾村、除张村、张中村、新集村、上落兽村、安驾村、王下村、西赵村、斜下村等10多个自然村。

如今管辖陵湾村的揉谷镇，历史更为悠久。

听老人们讲，关于"揉谷"地名的由来，有两种说法，一是相传农业始祖后稷曾在此地"揉谷"，把谷粒揉出来看成色，从此，便有了"揉谷"的地名。二是相传汉武帝巡视路过此地，见地里的谷子长得好，便随手掐了一穗谷子用手揉开，看看谷子颗粒的情况，故而此处被老百姓叫作"揉谷"，一直流传下来。

史书记载，后稷，姬姓，名弃，黄帝玄孙，帝喾嫡长子，周朝始祖，被尧举为"农师"，被舜命为后稷，掌管农业。后世称之为稷王或者农神。后稷教民耕种，被认为是开始种稷和麦的人。后稷的母亲名叫姜嫄，有邰氏之女，是帝喾的元妃。在陵湾村西南方向10多里之外，有村名曰"姜嫄"，村里建有姜嫄庙。每年正月二十三盛大的姜嫄庙会，已经被确定为非物质文化遗产。

2008年之前，我是扶风一名农民，我们村属于宝鸡市扶风县揉谷乡管辖。这里属古邰国地，位于扶风县东南部，东接杨凌农科城，南跨渭河，距县城23公里，面积40.9平方公里，人口3万人。1961年设公社，1984年改乡。2008年8

月14日，宝鸡市扶风县揉谷乡划归杨凌示范区下属的杨陵区管辖，这标志着扶风县揉谷乡正式划归杨陵区。12月26日，揉谷乡正式划归杨陵区。2011年，揉谷乡撤乡设镇。

我经常听我们村五组近90岁高龄的王新民老叔，讲述民国十八年（1929年）关中大旱的悲惨记忆。老人出生于那个尸横遍野、民不聊生的年月，难以忍受的饥饿和大人们几近绝望的目光，装满了老人的童年记忆。

"就是在那种情况下，十里陵湾开始有人劫道。"老人说，十里陵湾是东西要道，常有人用牲口驮粮打此经过，饥民蜂拥抢夺。"没办法呀，都是为了活命。饥饿使人丧失理智，这话一点都没错。"在那年月，锅盔掉到牛粪上，一把抓起来照样往嘴里塞。为了填饱肚子，许多人拦路抢劫，从此，十里陵湾落下一个赖名声："好过的八百里秦川，难过的十里陵湾。"这名声传遍关中道。

时光荏苒，90多年过去了，1929年的饥荒成了老一辈人的饥饿记忆，先人们为活命而劫道的往事成为年轻人的笑谈。如今的十里陵湾，发生了翻天覆地的变化，成为现代农业种植产业基地，十里陵湾农业休闲旅游长廊已经被政府纳入规划。

在轰轰烈烈的农业产业结构转型升级的大潮中，许多传统农民依靠自身敏锐的目光和吃苦耐劳的创业精神，在政府部门与杨凌农业专家的支持和帮助下，转型升级为高级职业农民和高级农技师，成了大棚种植产业的领头羊。我有幸成为其中一员。然而，时光若是倒退36年，我充其量就是一

丰收的喜悦

个放牛娃。

祖父那一代人的事情我没有多少印象。父亲对我的影响给大家讲一讲。

我的父亲名叫王志坚，早年当过兵，退伍后返乡务农。先后担任过大队农场场长和生产队小队长。提起父亲大名，陵湾村上了年纪的人异口同声，夸赞他是务庄稼的"好把式"。"提笼撒种，扬场折行，各样不挡。"这是陵湾人眼里衡量"好把式"的标准。王新民老叔曾经对我说："你父亲就是这样的好把式！"

党的十一届三中全会召开之后，关中农村的政治氛围逐渐发生了变化，精明的父亲在家里悄悄养牛、养奶羊。1984年，陵湾村原来的"大锅饭"被打破，土地实行包产到户，农民父亲兴奋得彻夜睡不着，懵懂少年的我还不能完全理解父亲的喜悦。也就是从那年开始，父亲的家庭养殖逐步扩大规模。除了牛和奶羊，父亲开始养马、养骡子。每天放学回家，我第一件事不是写作业，而是背起背篓，拿着镰刀，到路边、地头，甚至渭河滩，给牛马割草。虽然不能像草原牧民那样，将牛和马赶出去放养，但我觉得，自己和放牛娃没什么两样，我喜欢干这样的活。其实我心里清楚，虽然包产到户，能吃饱肚子，但想要过上好日子，就得帮父亲"伺候"好家里的牲口，把它们养得膘肥体壮，牛生了小牛犊，马生了小马驹，到了冬季，拉到武功镇河滩会上，卖个好价。

有一天，我割了满满一背篓青草，背起来往家里赶。竹篾编织的两个背篓背带勒进了我稚嫩的肩膀，走了不到几百

向杨凌抗疫一线工作人员捐赠草莓

米，两个肩头就火辣辣地疼。回家途中路过渭惠渠上一座桥，我将背篓靠在桥的护栏上休息。十几分钟后，当我想再次背起背篓时，没想到两腿发软，使不上劲儿。就在我奋力站起的一瞬间，几十斤重的背篓好似千斤重担，将我往后拖去，刹那间，我失去平衡，满满一背篓草将我带入渭惠渠中。

自西往东流淌的渭惠渠水并不深，顶多也就一米多，然而，失衡掉进渠里的我，两只胳膊还在背篓背带当中。我一边挣扎，一边大喊救命。挣扎的过程中，喝了好几口水。就在这紧急关头，同村的王荣社从此路过，发现险情，急忙跳入渠中，将我救起，还帮我捞起了背篓。满满的一背篓青草被水冲走了。惊魂未定的我上岸后，对救我的王荣社说了一句让对方啼笑皆非的话："瞎咧，晚上牛夜草不够吃咧！"

见义勇为的王荣社比我年长五六岁，辈分却小一辈。听了我的话，王荣社咧开嘴笑着说："好我的碎爸哩，命差点都没了，还操心牛吃草？"

多年过去了，每每提及此事，我就对家里人说："王荣社是咱的救命恩人，一辈子不能忘。他家里迟早有困难，只要言语一声，咱就全力以赴，绝对没有二话。"

我曾经的梦想是跳出"农门"

从我们陵湾村往东北方向走20多公里，有一个关中道非常有名的镇子，名为武功镇。20世纪60年代之前，武功县城坐落于此，后迁至普集镇。因此，老辈人也将武功镇称作"老武功县"。它之所以有名，不仅仅是因为当年县城建于此，还因为武功镇历史悠久。建于唐、修于宋的报本寺塔也在此地，汉代名臣苏武的墓坐落于此，更久远的，还有后稷的"教稼台"。千百年来，最有名的，当数武功镇的河滩会。河叫漆水河。

漆水河从乾县境内的临平镇一路向南，流经武功县苏坊镇、武功镇，继而流入杨凌，从杨凌境内汇入渭河。在武功镇，漆水河由西向东，拐了一个弯。河东岸是塬，西岸是平坦肥沃的麦田。每年农历十一月初七至十七日，规模盛大的"武功镇河滩会"在武功镇漆水河西岸后稷教稼台前的河滩上隆重举行。河滩会，是老百姓通俗的叫法，全名叫"武功县武功镇东河滩物资交流会"，是人们为纪念后稷教民稼穑而举行的古会。每年这个时候，漆水河岸人山人海，唱大戏，庆丰收，学习经验，交流物资。老人们说，河滩会起源于四千多年前，在武功、杨凌一带"教民稼穑，树艺五谷"的农神后稷，利用农闲时间，组织老百姓聚集于此，总结种植经验，交流种植心得。因此有人说，武功河滩会是历史悠久的"农高会"。

身为扶风农家少年的我，每年都要跟着父亲到武功镇逛河滩会。对于我来说，逛会是顺带的事情，我的主要任务是帮父亲看管家里养的猪崽、牛犊、马驹、羊羔。父亲则穿梭于熙熙攘攘的人流之中，不时停下来，与人交流几句，继而把手伸到对方衣襟下面，捏上半天。我知道，这是一种古老的讨价还价方式，叫"捏手"，之所以这样隐蔽，是为了不让第三者知道，这是关中农村集市上传统的讨价还价方式。

我赶来的猪崽、牛犊、羊羔能不能卖个好价，关键在于父亲与买家"捏手"，好价钱是"捏"出来的。也许是少年时代跟随父亲逛会赶集，买卖牲畜，看父亲"捏手"还价，对此耳濡目染，我脑子里逐渐有了经营意识。后来创业，成立合作社，在经营方面做得比较好，我想，大概得益于少年时代父亲的言传身教。诚信经营，童叟无欺，这是父亲教给我的经营法宝。

20世纪90年代初期，20岁出头的我和许许多多的农村青年一样，虽然读书不多，但总是梦想着有一天走出陵湾村，走出扶风县，到外面的世界闯荡一番。然而，梦想与实践之间的距离，需要足够的勇气来支撑、跨越。许多人守着老婆娃娃热炕头，只是在梦里咂吧着嘴想想而已，从不敢"越雷池"半步，只有极少数人不安于现状，背起行囊，告别爹娘，远离故乡，外出闯荡。我成了村里为数不多的背起行囊的人。

起初，我到过新疆，走州过县，收苹果种子，带回来出售，赚取差价。后来，我发现，收种子的人越来越多，于是就转变思路，将收来的种子加价卖给后来者。虽然没有带回来卖利润好，但节省了时间，提高了效率。

20世纪90年代中期，陕西苹果种植面积逐年增加，苹果产量一年高过一年。我看到了其中商机，和几个朋友一起

大棚蔬菜喜获丰收

往云南贩运陕西苹果。后来，贩运苹果的人多了，我又抽身回到陵湾村，在家里孵化鸡苗，卖鸡苗。再后来，卖鸡苗的人多了，我把杨陵陶瓷厂烧制的瓷器，小到碗碟，大到水缸，拉出去走乡串镇，最远卖到了秦岭深处的宝鸡市凤县。

不管是北上新疆还是南下云南，抑或开着农用三轮车卖鸡苗、贩瓷器，在村里人看来，我的思维总是超前于周围的人。这是因为我爱思考，经常通过报纸、电视了解信息，一旦思想有所触动，就陷入一种思考状态。不了解我的人，以为我受了什么刺激，傻傻地发呆，其实不然，每一次我总是在发呆之后，会有新的、更大胆的举措。

在改革开放的大潮中，可以说我如鱼得水，但面对日新月异的"社会大学"，我仍然贪婪地汲取各种"营养"，来弥补自身学历上的缺憾。如果说要总结关中农民的优点，我认为有两大优点：一是勤劳朴实；二是坚韧不拔。这两点在我的身上都有充分体现。那些年对我来说，起早贪黑是常态。父亲常挂在嘴边那句"勤俭才能持家"的家训我牢记于心，并且身体力行，落到实处。不管到什么地方，挣到多少钱，我始终保持着农民的本色，始终明白自己是从哪里来的，是个干啥的。干事创业的道路并非一帆风顺，许多人缺乏毅力，往往半途而废。我也走过弯路，也输过，但我不服输，身上有一股陕西愣娃的犟劲儿，那是不服输的劲儿。即便是输了，我也会在很短的时间里分析原因、调整思路，继续前行。

实干加巧干，使得我在陵湾村新一代农民当中迅速崭露头角，成为大家眼中的"能人"。经过十几年的打拼，我们一家人过上了好日子。进入新世纪，我又在全村人不解的目光中拿出多年积蓄，买了一辆大巴车，利用农闲时间干起了旅游客运。那些年，我和许多农村人一样，十分向往城里人的生活，总想跳出"农门"，想通过自己的不懈努力，让城里人忘记我是一个农民，让村里人觉得我是一个城里人。可以说，这是我们那一代人的梦想。那些年起早贪黑地奋斗，除了生活所迫，更多的是想通过自己勤劳的双手实现这样的梦想。

打工多年返回"农门"

2008年年中，我在宝鸡打工。从老家传来了一个消息，让我非常振奋：我们村子所在的揉谷乡，被划拨给了东边相邻的杨凌示范区。其实从地理位置上来说，我们村与杨凌连畔种地，赶集上会，村民们去杨凌街道比去扶风县城还要近。杨凌，对于关中农民来说，那可是大名鼎鼎，再熟悉不过了。因为当时的杨凌，是唯一的一个国家级农业高新技术产业示范区，1997年由国务院批准成立，由科技部和陕西省人民政府牵头，16个部委（后来增加至23个）共同建设。国家之所以在杨凌成立农业示范区，是因为杨凌有西北农林科技大学。1934年，于右任和杨虎城以及戴季陶等有识之士，在杨凌成立"国立西北农林高等专科学校（'西农大'前身）"。

是因为杨凌是我国农耕文明的发祥地之一。史书记载，早在四千多年前，农业始祖后稷就在这里"教民稼穑，树艺五谷"，就是教老百姓识别农作物，种植庄稼。1997年，杨凌示范区成立之前，这里已经汇集了农林水牧等多个农业领域大大小小几家教科研单位，农业科技工作者5000多人，因此，杨凌被称为"农科城"。

从1997年到2008年，杨凌示范区成立的11年，在省部共建体制的大力推动下，"农科城"为我国干旱和半干旱地区农业发展做出了巨大贡献。杨凌自身发展和农民的生活水平也是芝麻开花——节节高。作为邻居，我们扶风农民非常羡慕杨凌农民，在杨凌示范区统一部署下，农业专家进村入户，根据每个村子的产业特点，发展一村一品。不仅如此，杨凌农村的村容村貌也发生了翻天覆地的变化。我们村许多人经常议论：要是把咱划归杨凌管该多好。没想到，这一梦想真的变成了现实。从2008年8月开始，我这个扶风农民正式成了杨凌农民。

说心里话，那段时间真的很激动。但是激动之余，我又陷入了沉思。大家都知道，农业要发展，必须规模化；要上规模，投资很大，周期长，见效慢，加上气候干扰和市场因素的不确定性，都有可能导致投资失败。这也是许多农村年轻人宁愿外出打工，也不愿意返乡创业的主要原因。我当时也是犹豫不决，最后决定，先观察两年再看。就这样，那两年当中，我虽然在宝鸡给旅游公司开大巴，但是心里无时无刻不关注杨凌的发展和变化。

王中来笑容和西瓜一样甜

到了2010年，杨凌示范区和杨陵区两级政府部门对农业产业化的扶持力度越来越大，许多农民在政府扶持下，通过发展设施农业，走上了致富道路。了解到这些情况，我再也坐不住了，毅然辞职，返乡创业。

回到陵湾村，我决定成立农民专业合作社，发展设施农业。可是当我忙活了几天，愿意跟着我干的村民只有5户，能拿出来的土地也只有30亩。我知道，虽然国家有政策扶持，但是许多农民还是思想保守，不敢迈出关键的一步。当然，我也能理解他们，大家都是赢得起输不起。

创业初期，虽然人不多，土地面积少，但是这并不影响我们干事创业的激情。合作社成立手续办完后，我带领着5户社员，拿出家里10万元积蓄，又贷款5万元，起早贪黑，筹建了10个蔬菜大棚。晚上为了看场地，我从家里抱了一床被褥，晚上睡在架子车上。那是2010年11月，关中的夜晚吹着西北风，非常冷。可是一想到第一茬大棚蔬菜春节就能上市，心里就充满了力量。

大棚建好之后，第一茬蔬菜栽培的是西红柿和黄瓜。春节期间，反季节的西红柿和黄瓜市场需求很大，价格也不错。我想，这第一炮肯定会打响。

然而，事与愿违，由于不懂技术，我们种植的黄瓜西红柿畸形太多，黄瓜弯成了圆圈，西红柿长成了歪瓜裂枣，商品率太差，别说高端市场，就是拉到传统的蔬菜批发市场也是无人问津，投资的二三十万元几乎都打了水漂。那一段时间，我的心情沮丧到了极点，愁得晚上睡不着，害得一家老小跟着我唉声叹气。而跟着我一起创业的5户社员，有人打起了退堂鼓。难道就这样认输吗？我不断地反问自己。不行！从哪跌倒，就应当从哪里爬起来。

经过一番艰难的反思，我认为，导致失败的主要原因，是咱不懂技术。身为杨凌"农科城"的农民，因为不懂技术赔了钱，这要是传出去多丢人啊！再也不能"灯下黑"了，不懂技术，咱可以去学呀。从那以后，我几乎每天都要去西北农林科技大学，向专家教授虚心请教，学习蔬菜、西甜瓜的种植技术。同时，我积极参加农业部门组织的各种技术培训，再把学来的知识与实际操作结合起来，不断总结经验教训。

我们西农的专家都非常热情，比如西瓜专家张显教授、甜瓜专家杜军志教授、蔬菜专家张树学教授、植保专家时春喜教授、设施农业专家邹志荣教授等，他们在各自的领域都是大名鼎鼎的大教授，有这样坚强的技术后盾，咱要是再干不成事，可就说不过去了。功夫不负有心人，在杨凌专家的悉心指导下，从第二年开始，我们合作社逐渐步入正轨，走上了可持续发展的道路。我们种出来的蔬菜、西甜瓜，卖到了西安、宝鸡，甚至四川、甘肃等地。

除了西北农林科技大学的专家教授，在学习农业科技的过程中，有一个人对我的帮助和影响也非常大，他就是我的师傅，农业部（现农业农村部）"劳动模范"、高级职业农民马新世。马老师从事现代农业生产比较早，积累了丰富的实践经验。刚开始认识他，是经常到他的基地购买蔬菜苗，一来二去，逐渐熟悉了。技术上有不懂的地方，我经常向他请教。马老师非常热情，总是耐心讲解，对自己的技术毫不保留。时间长了，我就喊他"师傅"，他也乐呵呵地默许了我这个"徒弟"。

如今的梦想是带领更多农民共同致富

看到我们的合作社越办越红火，村民纷纷找我，要求加入。在这种情况下，我没有把大家拒之门外，因为我心里清楚，一个人富了不算富，带领大家共同致富才算富。自己通过请教专家、培训学习，合作社的发展步入正轨，那么还有更多的农户不懂技术，不了解市场，他们更需要掌握实用技术。这是近几年我思考最多的问题。后来，我们与西北农林科技大学果蔬专家紧密配合，把合作社大棚当作教授的试验田，使研究成果与新技术迅速转化为生产力。

就这样，从2010年到2017年，我们的合作社从最初的5户社员、30亩地，扩大到152户社员、800多亩地。光是冷棚就有420座，双拱双膜新大棚10座。合作社的大棚不仅是专家的示范田，更是农民的聚宝盆。专家培育的每个新品种，我自己率先进行试验，效果得到认可后，才向社员和外界大面积推广，不让农户承担风险。2012年以来，合作社引进西甜瓜系列100多个优良品种，推广面积3万多亩，推广区域遍布陕西、甘肃、河南、宁夏、新疆等地，经济效益超

指导合作社社员栽培瓜苗

过5000万元。

如今，我们合作社的每座温室大棚都采用标准化管理，运用智能化育苗系统，无土栽培的种植模式，降低了成本，解决了西瓜的连作障碍。我们不断总结、钻研，采用套种（葡萄和菜花）的栽培方式，使用水肥一体化的施肥方式，提高了肥料的利用率。智能化控制室内温度、湿度、光照指数等，大大减少了人力的消耗。我们的产品直接供给了985、211院校和世界500强企业。社员的年人均收入由最初的2000元增长到现在的3万多元。真正实现了我带动社员共同致富的最初梦想。这一路走来，我始终认为，只要掌握了先进的农业生产技术，才能生产出优质的农产品；而农产品品质只要得到保障，就一定能够赢得市场和消费者的认可，即便是短期内销售出现问题，那也是营销方式或者时间的问题。因此，我把我们的合作社打造成了"田间课堂"，成了西北农林科技大学成教学院和陕西省农广校的实训基地。迄今为止，合作社开展科技培训400多场次，实训职业农民和技术人员累计6000多人次。

近几年我们合作社通过与高校合作，已经形成了完善的"专家教授＋农民技术员＋田园使者"技术服务体系，高校的教授、大学生不定期来到我们合作社开展科技培训、技术指导工作；教授有了新品种、新技术，就在合作社开展农业科技推广。我们合作社一方面积极接待外地参观团学习，另一方面做好推广工作，在安康、渭南等地开展基地建设和技术合作工作，形成了"杨凌基地培训＋技术员派驻外地基地"的示范推广模式。除了带动杨凌农民，我们合作社还走出陕西，发挥辐射带动作用，在河南、甘肃、云南等省份开展技术推广工作，为杨凌示范区现代农业的示范推广做出了重要贡献，为陕西乃至干旱半干旱地区现代农业的发展，提供了人才支撑。2018年2月，我本人因此被陕西省科技厅评为"陕西省优秀农业科技特派员"。我是杨凌"农科城"唯一获此殊荣的农民，与我同台领奖的优秀科技特派员都是专家教授。

劳模奖金捐给慈善协会

"做给农民看，带着农民干，帮着农民赚。"这是2016年我和师傅马新世、高级职业农民魏群劳等几位合作伙伴总结的一句话。从2016年下半年开始，杨凌中来合作社与杨凌示范区其他4家合作社抱团发展，投资8000多万元，成立杨凌职业农民创业创新园，涉及社员800户，累计种植面积近3000亩。其中的核心力量是我们"中来种植专业合作社"和我师傅的"千玉合作社"，以及魏群劳的"绿香安果蔬专业合作社"。我们成立的联合社，以"打造品牌、规模经营、共同发展、互利共赢"为宗旨，从"规范运作、示范带动、现代营销"三个方面着手，全面提升合作社的覆盖面和带动力，打造现代农业科技示范推广的新模式，引导和带领当地农民共同致富。

通过多年的不懈努力，我们中来合作社取得的成绩得到了社会各界的充分认可，2013年被陕西省农业厅认定为全省设施蔬菜模式创新先进单位，2014年被陕西省农业厅认定为陕西省农民合作社示范社，2015年荣获陕西省青年示范社荣誉称号，2016年荣获陕西省百强示范社荣誉称号。从2017年8月至今，平均每天有数百人前来合作社参观，并且先后有以色列、荷兰等25个国家的农业专家、学员代表和国内数以万计的农民、农业专家、乡镇干部慕名前来参观学习。我们的果蔬种植技术和新品种吸引了越来越多的国际目光。

　　2012年以来，我个人先后被财政部和科技部联合认定为科普惠农带头人，获得中华农业科教基金会神内基金农技推广奖，被评为杨陵区支持总工会先进党政企领导干部、杨凌示范区科技示范推广先进个人。2017年被《农业科技报》评为"陕西果蔬种植状元"。我带领合作社不断创新、开拓市场的事迹引起媒体关注，2016年11月11日，央视《焦点访谈》进行了全方位报道。人民网、《陕西日报》《农业科技报》、陕西电视台等媒体，对我带领农户共同致富的事迹也进行了报道。

　　最使我激动的是，2017年4月28日，我被陕西省委省政府授予"陕西省劳动模范"称号。当我身披劳模绶带，在陕西宾馆参加劳模表彰大会时，内心激动不已，感慨万千。这是党和政府对我这个职业农民的充分肯定和大力支持。从西安领奖回来没几天，我把省上发的1万元劳模奖金捐给了杨凌示范区慈善协会。我对慈善协会负责人说，现在我的日子

王中来从中国劳动关系学院"劳模本科班"毕业

比以前好多了，我将这笔奖金捐出来，希望能帮助那些更需要帮助的困难群众。

作为改革开放后的一代农民，我是幸运的；作为新时期的职业农民，我将加强自身学习，不断开拓创新，在实践中带领更多的农户学习，充分利用杨凌得天独厚的科教优势，将合作社进一步做大做强，用实际行动回报政府和社会各界的支持。

在我们合作社办公室的墙上，有一幅书法作品：

中国农民新一代，
西北瓜王勤中来，
田园运用高科技，
四季无冬皆丰年。

许多来合作社参观的朋友说，这幅书法作品的内容，是对我所从事的现代农业科技推广事业的高度概括。虽然我的努力得到了社会各界的充分认可，我身上挂满了荣誉的花环，但是对于我个人来说，带领更多农户通过农业科技推广和创新致富，这是条漫长的路，仍然需要持久的毅力和坚忍。

农民劳模进京上大学

少年时代，天性贪玩，加之我经常帮助家里饲养牲口，所以荒废了学业，高考落榜后回家跟着父亲务农。当时父亲不同意我放弃学业，坚持让我复读，来年再考，我没有听父亲的话。父亲苦口婆心，劝了我好多天，但那时的我就像是橡皮娃娃打针——没一点反应。气得父亲最后说："你娃可想好了，以后别后悔。"

那时候我的想法很简单——只要人勤快，肯吃苦，也一样能够出人头地。当然，那几年也是或多或少受到了社会上一些不正确的言论影响。那时候常听到别人说，搞导弹的不如卖茶叶蛋的；学好数理化，不如有个好爸爸。这些读书无用论的不正确言论，让我也忽略了知识的重要性，因此放弃了复读，离开了学校。

后来不管是做小生意还是外出务工，我都饱尝了文化低，知识少的苦头。但是，路是自己选择的，吃再多苦自己也得默默承受。

对于我来说，是人生当中最为重要的一年。我没想到，这辈子还能到北京来上大学！2018年2月，经过各级工会组织推荐，我被安排到北京，参加中国劳动关系学院劳模本科班社会工作专业脱产学习。当我把这一好消息告诉80多岁的老母亲时，老人家怎么都不相信，她说："都快50岁的人了，还去北京上大学？"到北京入学后，我把和几名同学在中国劳动关系学院大门口合影发给了妻子，妻子拿着手机给母亲看，老太太这才相信我上学的事是真的。

虽然此前在陕西获得了一些荣誉，但是到中国劳动关系学院之后，和同班的同学相比，我的那点成绩真是不足挂齿。我们劳模本科班真的是藏龙卧虎，同学们才是真正的行业骄子、大国工匠、时代楷模，所以我十分珍惜这来之不易的学习机会。在认真学习专业知识之余，我的最大收获就是结识了一批各行各业的全国劳模和全国"五一劳动奖"章获得者。每位同学的光辉事迹都是我的学习内容，他们每个人都是我学习的榜样！

我想，学习的目的就是为了更好地发展。我要努力克服学习与生产之间的矛盾，把学来的新理念、新观点带回去，与合作社实际相结合，带领社员搞好生产，进一步扩大示范效应，把杨凌的农业科技推广到更多的方，让更多农民利用科技实现致富。

家人永远是我前进的动力

说到这里，我得感谢一个人，一个生命当中最重要的人，她就是我的妻子张红丽。这些年一路走来，异常艰辛，都是妻子在背后默默无闻地支持着我。特别是每一次重大抉择，都是妻子给了我勇往直前的力量。她自从她嫁给了我，给我生了一双儿女，跟着我起早贪黑，可以说，没好好享受过生活。近几年，日子越来越好了，可她操的心却越来越多了，既要操心女儿和儿子的工作，又要照顾我80多岁的老娘，还要经管合作社里里外外的杂事。

父亲临终前，在西安、杨凌反复住院治疗。那时我在外

合作社的火龙果开花了

面开大巴，顾不上回家，妻子在医院守着患病的老父亲，伺候得无微不至。无论是亲戚朋友还是街坊邻里，都给妻子竖起了大拇指。她为家庭的奉献，为我解决了后顾之忧。

当然，我能到北京上学，也离不开妻子的大力支持。记得我第一时间把上学的事情告诉她时，她沉默了一会儿说，去吧，年轻时没好好念书，吃了不少亏，现在有这么好的学习机会，千万不能错过，有些人想去学习还没有这个机会呢。

我知道，妻子表面上显得很轻松，其实内心也很矛盾，因为我到北京上学，家里和合作社的一大堆事就都撂给了她，她得承受着前所未有的压力。但是她还是一如既往地选择了支持我、鼓励我。

我这个人性子直，有时候也很倔强，这样的脾气让妻子受了不少委屈。但是碍于大男子主义的面子，我从来没有给妻子道过歉、认过错。刚返乡创业那几年，由于缺乏技术，种植的蔬菜产量低，品质难以提高，急脾气的我无意当中言语伤人，都是妻子在后面帮我圆场。如今回到我们陵湾村，村里人都说："王中来能有今天的收获，张红丽功不可没。"村里人说得没错，我的"军功章"绝对有妻子的一半。

我到北京上大学后，原本不太说话的妻子竟然把合作社管理得井井有条，而且还接待了前来考察的20多个国家的外宾。杨凌的朋友发微信告诉我，张红丽现在厉害了，接待考察团，比你讲得都好。我听了心里美滋滋的，犹如三伏天吃了自家大棚里种的西瓜。

外国留学生来王中来的嘻哈农园参观

在妻子的影响下，两个孩子也非常支持我的工作。2019年端午节放假回家，在西安工作的女儿得知我从北京回来，放弃了和朋友出游的机会，专门赶了回来，亲手给我们做了一顿饭。妻子说，女儿长大了，炖的排骨汤比大饭店的都好喝。

老话说得好：家有一老是一宝。老母亲身子还很硬朗，辛苦了一辈子，闲不住，经常到合作社的大棚里，干一些力所能及的事情。有人劝我，别让老母亲来了，万一累坏了怎么办？其实我心里明白，母亲干活是次要的，她主要的目的是，儿子在时守着儿子；儿子不在时，替儿子守着家业。

我有时候想，如果没有家里人的大力支持，恐怕我也坚持不到今天，更当不了劳动模范。所以说，亲人们的鼓励和支持，是我前进路上的原动力。

2020年6月，我和著名蔬菜育种人、西安市劳模王建人携手合作，成立了杨凌双模农业科技有限公司，在杨陵区揉谷镇建成占地320亩的蔬菜育种基地，与全国20多家省级农科院合作，繁育推广蔬菜新品种。未来的日子里，我将通过蔬菜新品种的推广，带动更多农民实现致富梦，为乡村振兴奉献一名基层共产党员的毕生精力。

2020年7月

路荣军

（退役军人创业典范）

路荣军说，10多年的创业之路也并非一帆风顺，但是他认为，作为一名退伍军人，受过党的培养，再苦再累也要坚持回报社会。革命军人的优良传统，到任何时候都不能丢，而且还要发扬光大。

　　荣军，荣军，一位退伍老兵，用自己的实际行动，时刻践行着一名共产党员的初心。

荣军，荣军

　　对于路荣军而言，入伍参军不仅仅是个人的荣耀，更是整个家族的荣耀，甚至会影响几代人。当年入伍之前，他没有在意自己的名字，认为这就是一个符号。入伍后他突然发现，父亲竟然给他起了这么好的一个名字！荣军，荣军！不就是以参军为荣吗？也就是从那时起，每当听到点名，荣军就热血沸腾，浑身上下激情满满。

　　也是从那时起，这种激情一直陪伴着他，即便是退伍、返乡、创业，他的生活发生了巨大变化，但渗透在骨子里的部队情结没有变，那种军人的作风和内心深处满满的激情没有变。于是，他帮家住6楼的七旬老人购买生活用品，一帮就是10年；他创业10多年，累计安置就业人员200多人；他跨界从事汽车服务，近5年累计免费救援1800余次。荣军说，虽然离开了部队多年，但是革命军人的优良传统不能丢。

已过不惑之年的路荣军是陕西省杨凌下川口村人。1996年，19岁的路荣军光荣入伍，服役于武警甘肃总队。后来由临夏州支队调至武警新疆总队乌鲁木齐市支队。1997年，路荣军加入中国共产党，成为一名光荣的中共党员。服役期间，他屡次被总队、支队评为优秀班长、优秀带兵人，荣获个人三等功两次。

2000年，路荣军退伍后，进入新疆雷鸟连锁超市工作，同时学习超市的管理经验。2002年，怀揣梦想的路荣军回乡创业，在离家10多公里外的武功县创办天天连锁超市。

2004年的一天，一位年过七旬的老太太来到超市买了一袋50斤的面粉。付完账后，老人面露难色，迟迟没有离开的迹象。细心的路荣军发现后，主动上前询问老人情况。原来，老人家住6楼，子女都不在身边，老伴腿脚不便，家里没有面粉，她走了两三家粮油店，恳请店主帮她把面粉送回家，可是人家都以店里人手不够为由拒绝了她。无奈之下，老太太舍近求远，步行到离家2公里多的天天超市。路荣军得知情况后，二话没说，开车将老太太送回家，并将面粉扛到老人家里。临走之前，路荣军给老人写下他的电话，说："大妈，以后家里不管缺什么，不用您来回跑，打个电话，我给您送家里来。"老人感动得热泪盈眶，拉着路荣军的手久久不松开。从那天起，路荣军把两位老人挂在了心上，帮他们送米面油及其他生活用品，这一送就是10年。人常说，做一次好事容易，坚持10年做一件好事就不那么容易了。

爱学习的路荣军创业多年，信奉"诚信是金"

而路荣军却做到了，助人为乐，是他的常态生活。

除了帮助超市附近行动不便的老人，路荣军还把温暖送给了环卫工人。每年夏天，环卫工人高温作业，十分辛苦，路荣军在他们休息的时候，把他们请到超市里来，吹吹空调，喝点水，吃点水果；到了冬季，他嘱咐店里的员工，为环卫工人烧好热水，请他们休息时到店里烤烤火，暖和暖和。优质的服务和良好的信誉赢得了顾客的好评，也取得了管理部门的认可。从2008年起，路荣军的超市连续6年被工商管理部门确定为"质量信得过超市"。

2013年，路荣军回到家乡杨凌，跨界运营，创办杨凌乐途汽车服务有限公司，正式进入汽车后市场服务领域。除了做好日常的汽车维修和服务工作，路荣军大胆创新，打出了"24小时免费救援"的宣传口号。

2017年4月底的一天凌晨，熟睡当中的路荣军接到公司值班员打来的电话，说是客户的一辆轿车在周至县环山公路上爆胎了，请求救援。打电话的员工说："路总，这是客户在杨凌之外发生的事故，随便找个借口，咱们就不去了吧。"路荣军说："不行，咱们必须去。你想一下，客户能打到公司座机求助，这是对咱们的信任，怎么能不去？"就这样，路荣军带着员工，拿着工具，驱车30多公里，赶到事故现场。原来，求助的是两位女士，爆胎路段前不着村后不着店，又是晚上，她们束手无策，只好打电话向朋友求助，朋友给了乐途汽车救援的电话。她们想这么远，人家会不会来？就抱着试试看的心态打了乐途的电话，结果没想到，老总亲自驾车来救援，两位女士感激不已。

2017年6月底的一天下午，路荣军带人在西宝高速上救援，当他们拖着事故车辆返回杨凌行驶到眉县路段时，发现一名女士在路边招手，旁边停着一辆车，左前轮爆胎。路荣军对员工说，停一下，帮车主换上备胎咱们再走。结果那位女士的车没有备胎，路荣军只好拉着女士和轮毂回到公司，装上新轮胎，又把车主送到高速上装轮胎。而他仅仅收取了轮胎费。从事汽车服务5年多来，类似这样的救援，路荣军和他的乐途团队经历了1800多次。

由于乐途的服务信誉度好，技术精湛，连续多年被杨凌农高会组委会和杨凌马拉松组委会指定为车辆保障单位。2019年5月，在2019年咸阳市首届"金牌汽车维修企业"网络评选大赛中，杨凌乐途汽车服务有限公司荣获二等奖。可以说，这是那些曾经接受过乐途服务的用户对乐途和路荣军的认可。

路荣军是农民的儿子，他深知农民的不易。创业至今，他累计安置就业人员200多人次，其中80%是农民。如今，他的乐途汽车服务中心所聘用的18名员工全是杨凌本地的失地农民。

每年高考期间，路荣军安排两辆车免费接送考生，为守候在各个考点门口的考生家长免费提供矿泉水，5年期间累计提供了价值3万多元的矿泉水。此外，他还勇于承担社会责任，积极参与杨凌区团委组织的扶贫帮困活动，为高温下执勤的交警送水，给环卫工送西瓜……

路荣军汽修厂门口挂横幅为一线医护人员免费洗车

2015年年初，路荣军发现杨凌华电附近的道路两侧经常有大型货车停靠，造成道路拥堵。经过一番调研，当年7月，路荣军投资在杨凌东环线和五胡路交会处西南角，建立了12亩大的杨凌乐途大型车辆停车场。这个停车场为与华电有业务往来的大型货车提供了方便，同时，路荣军决定，停车场周边群众的大型车辆，可以免费停车。此举得到了社会各界的普遍好评，货车司机为路荣军竖起了大拇指。

2020年春节，在全民抗击疫情期间，路荣军每天关注新闻报道，心里想着自己能干点啥。小女儿路楠出了一个主意，她说：爸爸，等疫情结束了，能不能给那些医护人员免费洗车？女儿的提议让荣军非常欣慰，他当即表示，等疫情控制住了，一定帮女儿实现这个愿望。2020年3月底，各行业开始复工，路荣军在汽修厂门口挂出了一条横幅——医护人员可免费洗车！鲜红的横幅在春风中舞动，从门前经过的行人，无不投来赞许的目光。

路荣军说，10多年的创业之路也并非一帆风顺，但是他认为，作为一名退伍军人，受过党的培养，再苦再累也要坚持回报社会。革命军人的优良传统，到任何时候都不能丢，而且还要发扬光大。

荣军，荣军，一位退伍老兵，用自己的实际行动，时刻践行着一名共产党员的初心。他以曾经是一名军人为荣，以我们的钢铁长城为荣，更以我们生活在这样一个伟大时代为荣！

2020年7月

贺新民

（秸秆综合利用先行者、退役军人创业典范）

"全国每年产生那么多的秸秆，只要合理利用，就会减轻环境的污染，减少树木的砍伐，减少塑料的污染。"贺新民感慨地说，"与之相反的是，秸秆综合利用好了，狭义上说，可以促进农民增收，可以安置就业；广义上说，可以留得住青山与乡愁。这是一项社会效益与经济效益并驾齐驱的事业。"

他让秸秆"华丽转身"

他是农民的儿子，他了解农民的无奈与不易；他倾尽积蓄，历时10多年只干一件事情；他研发成功的国内首台秸秆高值化粉体机获得国家专利；他每年回收上万吨秸秆，促进了农民增收，缓解了因焚烧秸秆造成的环境污染，并使得往日困扰政府和农民的秸秆"华丽转身"，成为可造之"材"。如今，他年过六旬，依然坚守在研发一线，他就是深受农民爱戴的企业家——陕西金禾农业科技有限公司董事长贺新民。

一条家乡新闻引发深入思考

贺新民出生在陕西省西安市长安县（今长安区）的一个农民家庭，兄弟五个，他排行老二。父亲勤劳朴实的品质以及面对困难坚韧不拔的精神，对贺新民影响很大。生长在这样一个家庭当中，贺新民明白，坚持承受苦难的过程，本身就是一个成功的过程。1977年，贺新民应征入伍，从此开始了他人生当中一段全新的旅程。多年以后，他常用一句话概括自己的人生经历："8年军旅磨炼，24年商海沉浮。"这些经历如同一笔宝贵的财富，为他后来的事业奠定了基础。

2005年，在广东出差的贺新民看到一条家乡的电视新闻："陕西西宝高速咸阳段沿线农民焚烧秸秆，浓烟滚滚导致西安咸阳国际机场部分航班无法降落……"虽然常年在外地工作，贺新民却经常收看陕西新闻，关注家乡的事情。焚烧秸秆的新闻引发了他的思考：农民为什么要烧秸秆，而且屡禁不止？秸秆还能做什么用？有什么两全其美的办法解决这个让政府和农民都头痛的问题？贺新民苦苦思索，彻夜难眠。后来，这些问题在他的脑海里盘旋了整整3年。

2008年，贺新民离开了生活工作几十年的新疆回到陕西，此时的他胸有成竹，决定要在生他养他的这片热土上大干一场。也就在这一年，国务院下发了《关于加快推进农作物秸秆综合利用意见》，这更加坚定了贺新民的信心。对于之前思考的问题，贺新民下决心要搞清楚。他首先想到的是如何给秸秆找出路。那一年，他先后走访了清华大学、北京理工大学、西安交通大学、西北农林科技大学、南京理工大学等多所高校，拜访专家学者，探讨秸秆如何深加工，如何变废为宝。同时，他也做了大量市场调研，了解到我国每年

贺新民给员工讲述秸秆摇身一变成板材

农业生产产生的秸秆达7亿吨，还不包括棉花秆、油菜秆、黄豆秆等其他秸秆。也还不包括林业废弃物，比如果树剪掉的枝条。

焚烧秸秆污染环境不说，而且极有可能引发更大的事故，由于焚烧秸秆引燃未收割麦田的事故时有发生。政府曾引导农民秸秆还田，但是这种办法也有弊端，以陕西关中地区为例，收完麦子种玉米，夏播玉米生长周期3个月，而埋在地里的麦子秸秆根本不可能在这么短的时间内分解成养分。此外，秸秆还田后，导致玉米出苗率低，虫害严重。

"经过长时间的调研，我认为最好的办法就是将小麦秸秆打包回收，进行深加工。"贺新民说，"这样既减少了环境污染，又增加了农民的收入。"

年收万吨秸秆引起各方关注

2009年，贺新民在关中小麦主产区的武功县、户县（今鄠邑区）、长安区建立了4个秸秆收集基地，一次性购置了60台秸秆打包机，成立了金禾农业科技有限公司。一台打包机两个人操作，14个人拉运。每天清晨，每个秸秆收集基地门口都有大大小小几十辆车排队送秸秆。拉运一捆秸秆一块钱，一位农民每天平均收入两三百元，这还没算每吨秸秆返给农民的200元收购款。户县秦镇一对农民夫妇连续几年收完麦子拉秸秆，后来见到贺新民，拉着他的手激动地说："贺总，这几年多亏跟着您拉秸秆挣钱，儿子上大学的学费才有了保障。"

4个基地，60台秸秆捡拾机，上千名劳动力，麦田里干得热火朝天。贺新民在关中刮起了一场"金色旋风"，引起了各级政府的重视，县长、区长、市长、省长，纷纷来到基地参观调研。最让贺新民难忘的是2009年6月6日，来陕西视察的国务院领导冒着烈日来到金禾公司的秸秆收集基地调研，现场听取了贺新民关于秸秆综合利用的汇报。在全面了解了金禾公司的运营模式之后，领导用三个"没想到"对金禾公司变废为宝的做法表示支持和肯定："没想到公路两边焚烧秸秆的现象没有了，没想到用这种方式组织农民收存秸秆还能让大家增收，没想到这么快就把秸秆产品研发出来了——这真是一件资源替代、环境保护的大好事！

领导的肯定和鼓励使贺新民备受鼓舞。2009年至2011年，金禾公司每年收购秸秆2万多吨，为减少环境污染和帮助农民增收做出了积极贡献。金禾公司被陕西省农机管理局评定为"农作物秸秆机械化综合利用推广工作先进单位"。

贺新民与一家外资企业合作，把收来的秸秆交给他们，用于深加工。与此同时，他继续加大秸秆高质化粉体机的研发力度，因为他清楚，这是秸秆综合利用的关键所在。

历时五年研发专业设备问世

从2010年到2014年，贺新民在研发秸秆高质化粉体机上，直接和间接投入资金过千万元。他就是这样一个人，认准的事情，不达目的不罢休！

研发粉体机是一个极其艰难的过程，首先得解决制粉问题，这是决定后期加工板材的关键环节。贺新民带领他的研发团队，无数次地调试，返工，再调试。就这样，制粉问题解决了，又遇到电耗问题；电耗解决了，又遇到除尘问题；除尘解决了，又攻破设备稳定性的难题。终于在2014年，贺新民的高质化秸秆粉体机研发成功，获得了有关部门的认证。金禾公司因此获得了2项国家专利和6项国家级实用型新技术证书，形成了公司自主的知识产权。

在5年的研发过程中，贺新民每年都会带着自己设备产出的秸秆粉和配方，开着车，到东南沿海一带找企业加工、测试。5年累计奔波了几十万公里。功夫不负有心人，贺新民在秸秆综合利用当年，终于有了新的突破。这为下一个环节的生产奠定了良好的基础。

"以后就不用建立大规模的秸秆回收基地了。"贺新民告诉记者，"以前那种模式，弊端太多，仅防火一项就让人头痛。你想想，上万吨的秸秆存储场地，每天数百人交秸秆，存在一定的隐患。以后好了，每个村子安装一台高质化粉体机，秸秆打包后不用出村，就地处理，农民直接给企业上交秸秆粉。"

高质化秸秆粉体机研发成功

秸秆综合利用在杨凌农高会上受到媒体关注

多年和农民打交道，和秸秆打交道，如今的贺新民已经成为秸秆综合利用方面的专家。他说，我的粉体机不光能处理麦秸秆、玉米秸秆，还能处理油菜秸秆、棉花秸秆、黄豆秸秆，还有苹果园里冬季修剪下来的树枝，都能制成不同的粉剂。然后用这些秸秆粉，进一步加工成各种型材，制作门窗、桌椅、护栏、花坛、装饰材料，甚至亭台轩榭。许多方面完全可以替代钢铁和塑料，而且是绝对的环保型材料，对空气没有任何污染。

2015年1月，经西安市农委、发改委、科技局等9部门联合认定，金禾农业科技公司为"西安市农业产业化经营重点龙头企业"。当年11月7日，在中国杨凌农高会上，贺新民以及他带来的秸秆型材引起网络媒体的关注，西部网、华商网、陕西传媒网、陕西农村网等媒体记者将镜头对准贺新民，全面采访金禾公司关于秸秆综合利用的研发与拓展。贺新民将他的秸秆高质化粉体机形象地比作老母鸡——吃进去的是草，生出来的是蛋，至于蛋怎么吃，那就根据个人的口味，蒸、煮、煎、炒都可以。

"全国每年产生那么多的秸秆，只要合理利用，就会减轻环境的污染，减少树木的砍伐，减少塑料的污染。"贺新民感慨地说，"与之相反的是，秸秆综合利用好了，狭义上说，可以促进农民增收，可以安置就业；广义上说，可以留得住青山与乡愁。这是一项社会效益与经济效益并驾齐驱的事业。"

就在我采访贺新民期间，国家发改委和农业部（现农业

年过花甲依然矢志不渝的贺新民

农村部）联合下发了《关于开展农作物秸秆综合利用规划终期评估的通知》（发改办环资〔2015〕3264号），贺新民认为，这个文件是对2008年国办105号文件的终期考评。国家发改委、农业部（现农业农村部）会同有关部门，研究提出了"十三五"期间秸秆综合利用的年度目标、工作思路、重点任务和政策建议，这将成为今后一个时期推动秸秆综合利用工作的重要依据。就在我采访结束时，从陕西省总工会传来喜讯，贺新民的陕西金禾农业科技公司被省总工会、省人社厅、省科技厅和省国资委等四部门联合授予"陕西省职工优秀科技创新型企业"称号，他们的"秸秆生物质新材料技术研发项目"被授予"陕西省职工优秀科技创新成果发明创造类"金奖。

面对荣誉，老兵贺新民面带笑容，目光如炬，他说："下一个五年，将是秸秆综合利用的春天！"看着这位让秸秆华丽转身的开拓者，我突然想起英国诗人雪莱的一句诗：冬天已经到来，春天还会远吗？

2019年11月

马 玉 建

（陕西杨凌示范区道德模范）

五泰设备

不管是企业生产当中的安全、经营当中的诚信，还是对家人的孝亲，对朋友的友善，马玉建认为，这些都是应该做的，就像孟子所说的那样，是"天之道"，是不用质疑的自然规律，不能等待有人来教你要怎么做，而是从一开始就要弄清楚，自己应该怎么做，而且把自己的初心坚持到底。

马玉建 ›››

诚信是一种信仰

《孟子》里有一句话:"诚者,天之道也,思诚者,人之道也。"这句话的意思是说,诚信是自然的规律,而追求诚信是做人必备的品质。师范毕业,当过几年教师的马玉建非常推崇这句名言,因为他本身就是一位"思诚者"。诚信对马玉建来说,是立身之本,更是他为自己确立的一种毕生追求的信仰。

每天清晨,一辆车牌为1972、非常不起眼的北京吉普,第一时间出现在杨凌五泰金属设备有限公司门前。满脸含笑的驾车人步履矫捷,从容自信,他正是马玉建,1972是他出生的年份,黑色吉普是他的座驾。有人多次劝他:"马总,车该换啦!"马玉建总是嘿嘿一笑,说:"再换也是四个轮子的代步工具——比起创业初期那辆开了8年的面包车,这已经很不错了。"

从18年前的五泰金属设备厂，到如今的五泰金属设备有限公司，熟悉马玉建的人都说，五泰越来越精致了。五泰不大，占地不足10亩，员工30余人，但是五泰的产品——垃圾清运容器却销往多个省区甚至韩国。作为五泰的当家人，马玉建先后荣获"陕西省优秀青年企业家""陕西省关爱员工优秀企业家"等殊荣。由5名员工组成的五泰焊工班，2017年5月获得了"全国工人先锋号"。

马玉建坦言，五泰是一个集体，每一项荣誉的背后，都包含着每一位员工的辛勤付出，所以他善待每一位员工，把他们当作家人。他几乎每天都在思考：如何改善工作环境，让员工感到更舒适；如何把安全隐患消灭在萌芽状态，让员工更有安全感；如何支持工会组织建设，并且把作用发挥到极致，让员工更具有主人翁意识；如何营造良好的企业文化氛围，让员工充分认识到学习的重要性。

"这就是分工。"马玉建说，"每个人只要干好自己份内的事，企业整体的发展就会进入良性循环。假如员工每天都在考虑老板的事情，老板每天操着员工该操的心，本末倒置，那么这个企业的生命力不会长久。"

2014年，五泰公司接到国外一家企业的订单。"对方是带着翻译找上门来的。"第一次与外商打交道，马玉建内心多少有些忐忑。他们约定，先做一个样品，如果客户满意，再签订合同。后来，五泰公司赶制的样品被客户看中。拿到合同之后，马玉建说当时的心情确实很激动——没想到他们的产品还能吸引来外商！

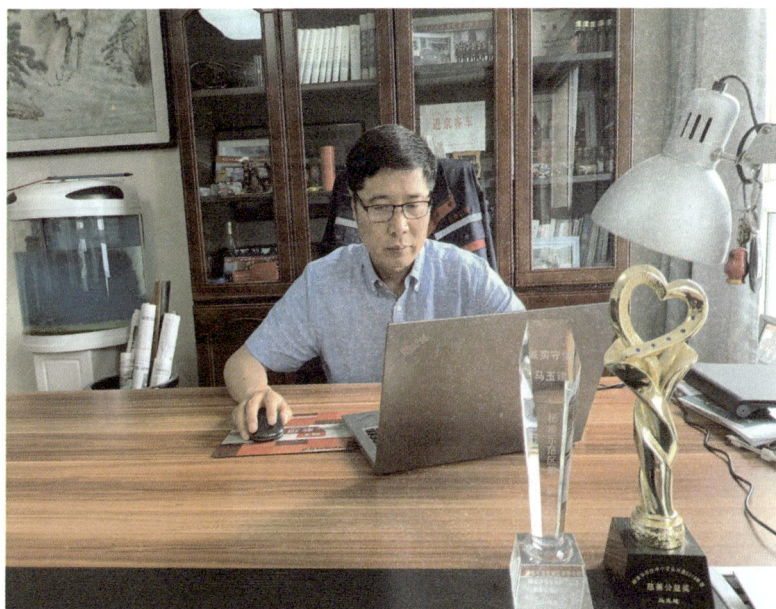

把诚信当做毕生信仰的马玉建

也许是太激动的缘故吧，五泰公司在合同签订后工期安排不到位，交货日期有可能推迟。马玉建发现这个情况后，及时安排调整车间生产工作方案，增加技术力量和设备，使这批货物按照合同约定时限交货，受到了客户的肯定。事后他对员工说，既然答应了客户，就必须按时完工，哪怕不挣钱，也不能丢了诚信，更何况这是与外国客户合作，更不能给中国人丢脸。马玉建的诚信换来了客户的认可，此后的合作当中，五泰公司连续两年都拿到了这家国外企业的订单。

创业18年，五泰公司几乎没有刻意打过广告。每年不断递增的订单，一部分是回头客户，一部分是老客户介绍的新客户。几乎每个找上门的新客户都会说："是朋友介绍的，说你们五泰的产品质量好，企业讲信用。"

2015年，五泰公司给陕西省渭南市大荔县定制了一批垃圾清运容器，交货没几天，客户打来电话，说有一个垃圾清运容器有点小问题。马玉建详细了解了情况之后告诉客户，五泰立即派出一个3人售后服务小组，带着设备，开车到大荔县解决问题。客户听说马玉建安排售后小组上门服务，急得在电话那头直摇头："马总，问题不大，你知道就行，不用派人来，我们花几十块钱就能解决。"

但是马玉建安排的售后服务组还是去了。往返数百里，花费近千元，去解决一个并不起眼的小问题，马玉建觉得值。他认为，不能用划不划算去对待所出现的问题。一旦诚信出了问题，失信于人，就等于毁了一个品牌、一个团队，那可不是用金钱能换回来的啊！

2016年，一批产品如期交货后，被客户告知尺寸出了问题。马玉建迅速排查原因，发现是内部生产程序当中，设计环节与下料环节沟通不到位，导致产品比图纸大了一些。

"幸亏是做大了，还能往小改。要是做小了，纯粹就不能用了。"马玉建说，那次他召回那批货，加班加点改装，在取得客户谅解之后，给客户的保修期延长了半年。

这样的事情按惯例，生产当中每个环节的责任人都得处罚。马玉建没有这样做，他首先从自身找原因，认为是自己在管理过程中出现纰漏，没有做到有效衔接而导致的。此后他认真梳理工作流程，给每个环节的责任人出样图、签字、确认、公示，有效杜绝了此类问题的再次发生。

2017年6月，五泰公司给陕西户县定制了一批产品，交付后客户反馈，垃圾清运容器放到运输车上不平稳。查看设计样图之后，马玉建发现生产的整个环节都没问题，最后了解到，是客户的运输车架有问题。按理说，这不属于五泰公司的问题，但是马玉建还是积极帮助客户想办法、出主意，解决了问题。客户打电话给马玉建，连声说："谢谢！谢谢！与你们五泰合作，真的很愉快！"

2015年上半年，五泰公司接到杨凌农科城马拉松组委会的通知，为42公里的赛道沿途定制一批移动厕所。时间紧迫，马玉建组织有效力量加班加点赶工期。他对员工说，杨凌首次举办马拉松赛，能接到这样的任务是我们杨凌企业的荣幸，即使不挣一分钱，也要如期保质保量完成任务，不能给杨凌人丢脸。果然，既美观又实用的移动厕所交付使用后，获得各方好评。员工给马玉建长了脸，五泰给杨凌长了脸。而五泰的口碑，就是在这样的过程中不断积累起来的。

一个把诚信当作信仰去追求的人，他必定是一位有爱心、勇担当的人。

马玉建的姐姐马香玲，是一位乐于奉献的热心人，曾当选杨陵区首届道德模范。她经常照顾社区里的病残、空巢老人，被社区居民亲切地称为"马大姐"。受姐姐影响，马玉建也积极投身于各类社会公益事业。每年年底，杨凌示范区慈善协会公布的爱心捐助企业名单当中，马玉建的五泰公司总是名列其中，近几年来，五泰参与各类爱心捐助累计近20万元。除此之外，马玉建还经常带着家人和朋友参与爱心帮扶活动。

2014年元旦当天，当别人都沉浸在节日的喜庆当中时，马玉建带着妻子和儿子，约上三位朋友，一同驱车赶往秦岭深处，为86岁的孤寡老人张友前送去了衣服、被褥、挂面及一些生活用品。妻子和朋友为老人整理床被，马玉建帮老人把屋里的电线规整好，防止漏电隐患。马玉建的爱心感动了老人，感动了朋友，也悄悄在儿子的心里种下了一颗善良的种子。

其实，马玉建的爱心奉献伴随着他的整个创业过程。创业初期的2002年至2007年，马玉建个人出资捐助杨凌小学一名学生上完小学；2008年他资助杨陵区李台街道办永安村一名孤寡老人2000元；2015年精准扶贫工作开展以来，他先后积极参与，主动认领，相继帮助杨陵区杜寨村两个家

马玉建在英国考察学习

庭、姚安村一个家庭实现脱贫致富。2016年8月，马玉建和他的五泰公司因精准扶贫工作突出，受到杨陵区委区政府的表彰。

只要不出差，每天不管多忙，马玉建都要陪80多岁的老母亲说说话，帮母亲按摩腰背，给母亲讲笑话，逗母亲开心。要是母亲去了哥姐家，马玉建每天坚持打电话问候。在他的影响和感召之下，五泰公司多位员工成为村里、社区的大孝子、大孝女。公司上下风清气正，员工从未有过任何不良行为。

近年来，认识马玉建的朋友都知道，他几乎年年出国。不了解情况的人以为他企业经营得好，有钱了，出国游山玩水，其实不然，不管是去欧洲的发达国家还是东亚的日本、韩国，马玉建都要考察当地知名企业，学习人家的管理理念，回来后结合自己企业的实际情况，进行改进。五泰的员工都知道，只要马总出国归来，五泰的管理就会有所改进并且让全体员工耳目一新。也有人嘲讽马玉建——不就是做垃圾箱吗？还需要考察学习？其实他们哪里懂得马玉建的初心。

不管是企业生产当中的安全、经营当中的诚信，还是对家人的孝亲，对朋友的友善，马玉建认为，这些都是应该做的，就像孟子所说的那样，是"天之道"，是不用质疑的自然规律，不能等待有人来教你要怎么做，而是从一开始就要弄清楚，自己应该怎么做，而且把自己的初心坚持到底。

18年的艰苦奋斗，把一个小作坊经营成为一个成长良好的企业，一个累计纳税近300万元、安置就业30多人的企业，这背后有多少辛酸故事，我们不得而知。我们能看到的是马玉建那张无时不充满谦逊笑容的脸，是五泰电焊班那块闪闪发光的"全国工人先锋号"牌匾，是客户的交口称赞，是源源不断的订单……

如今的马玉建，多了一个身份——杨陵区政协委员，开始参政议政。他关注基层，了解民情，反映民意，探讨民生，用一种追求信仰的精神，履行一名企业家的担当，践行一名共产党员的初心。

2019年5月

林红梅

（全国妇代会代表、团中央乡村振兴青年先锋）

从创业初期的"三无"（无资金、无资源、无能力），到如今成为电商行业的典范，林红梅的创业之路如同紫阳大山里崎岖的山路，异常曲折。如果没有坚忍的毅力，肯定坚持不下来。林红梅，这样一位看似弱小的女子，却顽强地从崎岖山路上走了出来，而且越走路越宽。

红梅赞

"互联网把我家的洋芋卖完了，真的太神奇了！"这是脱贫一年多来，唐安平说过最多的一句话。

祖祖辈辈生活在大巴山里的农民唐安平没想到，自己家里种的那一堆不起眼的洋芋蛋蛋，竟然也能"触网"，卖到了天南海北。"触网"这样的新名词，是他新近学来的——和县上那家名叫紫阳三生网络科技公司的年轻人打交道多了，不但卖光了家里的洋芋，增加了收入，还增长了见识，学会了新词儿。更让他开眼的是，那些以往卖不出去时用来喂猪的洋芋，被三生公司的年轻人装上漂亮的盒子，还给起了一个洋气的名字，叫"青春洋芋"。跟着一群朝气蓬勃的年轻人卖"青春洋芋"，唐安平感觉自己好像也年轻了好几岁。

唐安平是陕西省安康市紫阳县瓦庙镇瓦房村四组的村民，2018年正式脱贫。回想起自己的脱贫路，老唐总感觉像是在做梦。能够圆了祖祖辈辈期盼的致富梦，除了要感谢党的好政策，还得感谢红梅——紫阳三生网络科技公司那群娃娃的领头人。在紫阳有这样想法的，不仅仅是老唐一家人。2015年至今，紫阳县通过三生公司出售洋芋的农民，无人不夸红梅、赞红梅。

（一）

红梅姓林，四川成都人，地道的"85后"川妹子。10多年前随父母定居安康紫阳，从此就爱上了这个美丽的地方。2007年，大学毕业不久的林红梅入职上海飞利浦公司，担任行政助理。在知名品牌大企业当白领，这是一份许多大学生羡慕不已的工作，如果坚持下去，肯定前途无量。然而，白领工作只干了一年的林红梅，在众人不解的目光中选择辞职，回到紫阳，回到了她的第二故乡。多年后，生肖属虎的林红梅常想起当初的那份坚决，她把自己职业生涯的调整总结为"放虎归山"。回到紫阳不久，林红梅入职紫阳联通公司。她从最基层的话务员干起，很快当上了集团客户经理，后来又担任行业客户经理。勤于思考，热情周到，这是行业窗口单位从业人员必备的素质。林红梅从入职第一天开始，就严格要求自己，不能一味追求业绩，客户的满意度必须

林红梅在西安推荐紫阳特色农产品

放到第一位。此后七年当中，她多次受到县市公司的表彰奖励，先后荣获陕西联通"优秀员工"和全国"优秀客户经理"等殊荣。

有位专门研究人力资源的专家曾经将职业生涯划分为三个阶段，他有这样一段论述：职业生涯第一阶段是刚毕业入职，对于年轻人来说，锻炼最大的工作就是最好的工作；第二个阶段是趋于稳定，在合理合法的前提下最能赚钱的工作是最好的工作；第三个阶段是职业生涯的后期，最能体现人生价值的工作是最好的工作。在紫阳联通的7年，对于林红梅来说，正是职业生涯当中对她历练最大的一个阶段。

2015年，电子商务之风悄然吹进了紫阳，政府部门顺势而为，将电子商务列为重点扶持项目，成立了紫阳县电子商务服务（孵化）中心，从技术培训到企业入驻，给予一系列优惠政策。

犹如一泓清池被柔风拂过，林红梅的心里荡起了层层涟漪。一番思索之后，她果断调整自己的职业生涯，又一次在众人不解的目光中放弃高薪，将"职业锚"抛进了滚滚而来的电子商务大潮之中。

当年8月，紫阳三生网络科技有限公司诞生，林红梅出任董事长兼总经理。就像给自己孩子取名一样，为了给一手创建的新公司取个好名字，那段日子里，林红梅冥思苦想，查阅资料，了解紫阳的人文历史。

紫阳县位于陕西南部，大巴山北麓，汉水之滨，山水茶歌，无不汇聚紫阳之美。著名作家方英文在他的散文名篇

《紫阳腰》中这样介绍紫阳："紫阳一名，出自道家。道家是中国唯一固有的宗教，汉江是汉文化最核心的源泉之一。道家以水为善，以茶为慧，以山为美，以歌为雅。"句中所提的"道家"，是指"紫阳真人"张平叔创始的道教南派。民间传说因张真人在此地面壁悟道而得紫阳名。

紫阳悠久而又璀璨的人文历史，使得林红梅想起了老子《道德经》当中的名句："道生一，一生二，二生三，三生万物。"此句出自《道德经》第四十二章，是老子的宇宙生成论，讲述"道"创生万物从少到多，由简至繁的过程。联想到这些，林红梅眼前一亮，就叫"三生"吧，因为在她看来，创业的过程，不就是由小到大、由单一到多元的一个过程吗？后来关于企业名字，林红梅还有一个新的解释：在这样一个伟大的新时代创业，我们"三生"有幸。

把大山里的好传递给更多的人知道，这是创业之初，林红梅给自己确立的一个目标。大山里的好，有人知道，还有更多的人不知道。资料显示，紫阳是全国迄今已发现的两大富硒区之一。这块神奇的土地上生长的各类植物天然含硒，无公害、无污染，既是功能食品，又是绿色食品。最有名的当属中国地理标志产品——紫阳富硒茶。除此之外，紫阳魔芋、洋芋、黑木耳、柑橘都是品质上好的特产。然而，因为地处大巴山区，许多特产出不去，即使能出山，也走不了多远。大山深处许多年轻人外出务工，有些人出去后，再也不愿意回来了。

林红梅向人推荐紫阳富硒茶

（二）

习近平总书记在十九大报告当中指出："坚持人与自然和谐共生，必须树立和践行绿水青山就是金山银山的理念。"学习总书记的科学论断，再联想到紫阳土特产的实际情况，林红梅心里很不是滋味，我们守着的，不正是一座金山银山吗？为什么还有许多年轻人不愿意回乡？为什么还有许多农民没有脱贫？创业伊始，这些问题总是萦绕在林红梅的脑海里。为了掌握更多的实际情况，她脱掉高跟鞋，开始翻山越岭，跋山涉水，深入贫困户家中走访。短短两个月时间，大山里的"好"全部装进了林红梅的心里。哪里的洋芋种植面积大？谁家的魔芋种得好？哪个师傅的手工茶炒得好……这些情况林红梅了如指掌。除了这些基本情况，她还下苦功了解各种食材的养分特点，利用各种场合和各种平台推介。听过她演讲的人都说，林红梅推介的不仅仅是紫阳的土特产，她的分享更是一场精彩的健康养生大讲堂；她传递着一种全新的理念和生活方式，一种对健康和美好生活的向往。

心里装进了大山的"好"，林红梅开始从紫阳籍大学生、紫阳籍外出务工人群和紫阳留守人当中，筛选出一支精干的队伍，创建了数十个微社群。与此同时，她不断总结其他地方的电商发展模式，结合紫阳实际情况，开创了一条全新的电商模式——微营销。还专门设立了微创商学院社群，每月定期邀请国内电商成功人士进行线上交流指导，粉丝量核裂变式发展到 12 万。林红梅摇身一变，成了"十万微商大军"的统帅。

2015 年 11 月 11 日，林红梅策划举办了"紫阳县首届电商产品展销会"，17 家企业及个体商户积极参展，各类特色产品当日销量突破 10 万元。在她的推动下，三生网络公司组织网民投票，选出 9 名美丽的"硒女郎"在展销会上登台走秀，宣传紫阳富硒产品的同时，首次向社会各界展现紫阳电商企业和电商从业者的精神风貌。回顾首届电商产品展销会，林红梅动情地说，活动之所以成功，离不开政府部门的大力扶持和诸多农户的信任。那场展销会于林红梅而言是"首秀"，对于三生公司来说，更是具有里程碑意义的重要活动。紫阳许多群众正是从那场活动开始，了解了电商的运营流程，学会了如何利用电商平台销售紫阳特产。许多在外务工的紫阳青年也是通过那场活动，获取了家乡的信息，萌发了回乡创业的念头。除了线下组织展销，线上销售更是取得了"开门红"。2015 年"双十一"天猫购物节，三生公司销售额突破 100 万元大关。当年"双十二"，三生公司销售额突破 70 万元。被推选为紫阳县电商协会秘书长的林红梅和她的三生团队，在紫阳名声大振。

曾供职于紫阳县人社局的杨志贵先生在一篇文章当中这样介绍当年的紫阳电商：紫阳电商团队通过线上线下结合的销售模式，代理遍布全国 29 个省市。2016 年，电商销售额累计突破 6 亿元大关。新注册电商企业 24 家，个体工商户 70 户，引导和培育本土电商企业 56 家；电商产品供应商 16 家，

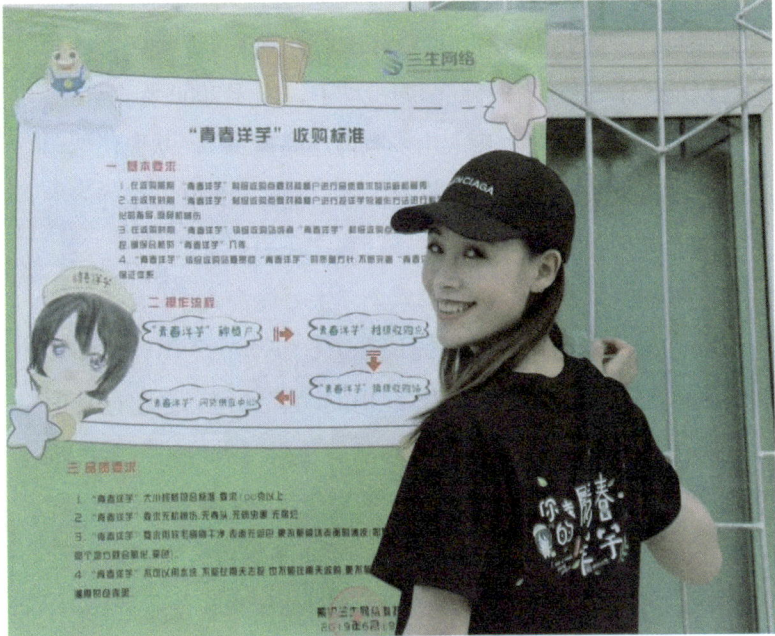

"青春洋芋"　青春无悔

自建电商平台5个。培育天猫旗舰店3家，京东旗舰店2家，淘宝店铺379家，微商1336户。当年有21家电商企业入驻紫阳电子商务服务中心。在政府部门的大力支持下，升级改造后的紫阳电子商务服务中心内设富硒特产体验馆、电商企业培训区、电商个体孵化区、创客空间等多个功能区，面积比以前扩了三倍。在林红梅的带动下，紫阳2000余"闯客"投入电商创业热潮，步入山乡电商"高速路"，从而使紫阳县农民搭乘互联网时代列车步入增收脱贫致富和紫阳经济发展的"快车道"。

就这样，林红梅带领着紫阳"十万微商大军"，迈上了互联网时代电商产业发展的快车道。毕竟在上海这样的国际化大都市学习工作过，林红梅的品牌意识远远超过其他同龄人。她知道，日本著名的品牌苹果"世界一"曾经雄霸香港水果市场数十年，一个苹果最高时卖到60港币。如果不是日本大地震的影响，这种局面还将持续下去，陕西苹果也就很难进入香港市场。因此，林红梅在创业过程中，特别重视紫阳特产品牌的打造，她要让大山深处的富硒农产品不仅仅有好听的名字，还要有让消费者永远都能记住的味道。

林红梅敏锐地发现，人们传统观念里向来不值钱的洋芋，在紫阳县独特的富硒水土哺育下，摇身一变成为"富硒洋芋"。联想到现代人对健康养生食品的追求，她意识到洋芋蛋蛋背后蕴含着巨大商机，这让林红梅兴奋不已。那段时间，三生公司的年轻创业者经常加班到深夜，他们在一起探讨方案、设计包装，给洋芋起名字。就这样，"青春洋芋"品牌诞生了。

（三）

为什么叫"青春洋芋"？许多人问过林红梅同样的问题。

"我们的创业团队是一群朝气蓬勃、观念超前、活力四射的年轻人，我们想凭借自己身上这股活力，激发紫阳大山里贫穷农民伯伯的动力，用年轻人的思维和理念包装他们种出来的优质洋芋，再通过互联网平台销售，帮助更多贫困家庭实现增收，从此走上致富路。"林红梅如是回答。

如果现在有人问："青春洋芋"是什么？

林红梅会说，"青春洋芋"是大山深处孩子们的一双鞋、一件衣服；是留守儿童写作业的一张课桌。

2016年，林红梅以紫阳县东木镇麦坪村为中心，采取"公司＋基地＋农户"的模式，将洋芋种植扩展到麦坪村、燎原村、纪家沟村、庙坝村等4个镇7个行政村，成立"青春洋芋"合作社，建立标准化洋芋种植示范基地；在蒿坪镇工业园区建设3000平方米"青春洋芋"深加工厂，将产业链进一步拉长。

那一年，三生团队借助朋友圈、公众号、众筹网等平台，短短一个月时间，销售紫阳"青春洋芋"30万斤。特别是帮助麦坪村19户村民销售洋芋19万斤，直接获利37万元。

林红梅想把大山里的好，传播给更多的人知道

这让祖祖辈辈将吃不完卖不掉的洋芋或喂猪或扔掉的村民们大开了眼界。"还是年轻娃娃们厉害啊！"通过卖洋芋赚了钱的村民们提起林红梅，无不竖起大拇指。而他们没想到的的还在后面。2017年，他们70天销售"青春洋芋"150万斤；2018年7月，他们借助建行善融平台和苏陕协作淘常州平台，不到10天线上销售紫阳"青春洋芋"15000单。"青春洋芋"，成为了林红梅电商扶贫模式当中最为响亮的品牌。

2018年8月25日，由共青团陕西省委、省农业厅等五家省级部门联合组织的"绿水青山家乡美"——陕旅集团山花工程·后备箱行动暨"骏途尖味行遇紫阳"旅游公益扶贫活动在紫阳隆重举行。活动期间，主办方还组织了一场别开生面的农特产品产、购、销一体推介擂台赛，林红梅的"青春洋芋"在擂台赛上一举夺冠，荣获"紫阳最具特色产品"称号。

创业的过程中，在大山交通不便、信息不通的状况下，林红梅的团队犹如排雷一样，排除了创业途中的一个个难题，创建了"紫阳富硒特产扶贫馆"营销平台，利用"家乡情怀"把紫阳特产"外销"变"内供"，开创了符合紫阳县情的全新电商模式——"微营销模式"。她引领紫阳十万"微商大军"践行"大众创业、万众创新"的理念，使全县参与农业产业化经营的农民人均收入达到万元以上，先后安置了2500多人实现就地就近就业，累计创造紫阳特产销售额8000多万元的业绩，使贫困户人均月增收500多元，帮助5000多位困难群众实现脱贫。

2016年至今，仅"青春洋芋"一个品牌，林红梅帮助3378户贫困户卖掉洋芋400万斤，户均增收980多元。她充分利用"电商企业＋生产企业＋合作社＋贫困户"的合作模式，除"青春洋芋"外，还先后开发了"私房茶""茶言蜜语""寻味紫阳"等十二款热销农产品电商产品，打造了一批在全国具有一定知名度的电商产品。林红梅带领她的电商团队，搭建起农村与城市的有效链接，同时探索出了破解县域电商发展瓶颈的"紫阳模式"。紫阳县因此先后摘取了"全国电子商务进农村综合示范县""陕西省电子商务示范县和扶贫试点县"等殊荣。她的三生网络科技有限公司被评为"安康市共青团助力脱贫攻坚示范基地"和"紫阳县优秀电商创业企业"。林红梅本人获得陕西省首届新农人与青年电商选秀大赛三等奖，安康市创新创业大赛一等奖；当选中国"青年电商联盟理事"，被评为安康市"脱贫攻坚先进个人"和紫阳县"十大青年创业之星"。

最让林红梅激动的是2018年8月23日，陕西省妇联召开第十三届二次执委会，以无记名的方式，差额选举产生38名出席中国妇女第十二次代表大会的代表，林红梅名列其中，成了安康市两名出席全国妇代会的代表之一，也是陕西省出席全国妇代会代表当中年龄最小的一位。

要去北京人民大会堂参加全国妇代会，林红梅激动得热泪盈眶。在创业的日子里，她笑过、郁闷过、困惑过、痛苦过，但从来没有哭过，因为她知道，创业不相信眼泪。而这一次，要去北京了，林红梅不由地流下了激动的泪水。她心里明白，当选代表，是群众的信任和组织的认可，今后肩上的责任更艰巨了，自己一定要把握好，千万不能被这一点小小的成绩冲昏了头脑。

在北京开会期间，曾经走南闯北的林红梅，又一次长了见识，同时也进一步明确了自己的定位。和各行各业的巾帼英雄相比，自己的那一点成绩其实不算什么。有了这样的想法，身在北京的她一闲下来，心就飞回了大巴山，飞到了毛坝镇瓦滩村何奶奶的茶园，飞到了蒿坪镇森林村赵大叔的洋芋地头，飞进了三生科技公司承办的电子商务培训班……每一次出差，林红梅最为牵挂的，是大山里那些期待的眼神。"心若在，梦就在"，她暗下决心，无论未来的路有多艰难，也要义无反顾地走下去。

国庆小长假，对于许多人来说，是一个与家人团聚的美好假期。2019年的国庆节更是与以往不同——我们的伟大祖国迎来了70华诞，举国上下欢歌笑语，为国庆生，北京天安门广场更要举行庄严的阅兵仪式和盛大的庆典活动。早在半个多月前，林红梅就盘算着带孩子出去转转，利用假期陪陪家人。创业以来，如果没有家人的支持，她不敢保证自己能撑下来。可是临近假期，一项活动策划打乱了林红梅的计划，她又一次不得不放弃了假期，带领她的团队，投入到紧张的筹备工作当中。

10月1日，国庆节当天，林红梅的身影出现在了西安市曲江大唐通易坊。一场由陕西省妇联指导，紫阳三生网络科技有限公司承办的"巾帼助力，消费扶贫"——陕南文化及原产地产品快闪活动在这里隆重举行。紫阳茶叶、黑蒜、黑木耳、"青春洋芋"以及魔芋制品等数十种陕南特产展现在西安市民和游客眼前。体验陕南美食，欣赏陕南民歌，现场还有传统的手工炒茶工艺展现，真是让西安市民和游客饱了眼福和口福。陕西省妇联、省农业农村厅有关领导出席了当天的活动。林红梅说，组织这样的活动，是为了实现从单一的爱心采购到市场化销售，促进紫阳贫困村产业发展和品牌升级，实现文化与产品相融合。

从创业初期的"三无"（无资金、无资源、无能力），到如今成为电商行业的典范，林红梅的创业之路如同紫阳大山里崎岖的山路，异常曲折。如果没有坚忍的毅力，肯定坚持不下来。林红梅，这样一位看似弱小的女子，却顽强地从崎岖山路上走了出来，而且越走路越宽。

国庆节西安的活动结束后，林红梅回到紫阳，立刻投入到下一场活动的筹备当中。她把紫阳的家庭妇女组织起来，成立了家庭工厂，进行专业的插花和手绣培训，然后通过文创设计，在互联网平台上，以销定产，拓展增收项目。于是，又一个品牌诞生了——首秀。林红梅说，首秀，是手绣，也是守绣。经过培训的紫阳妇女绣香包、绣饰品、绣玩具，在林红梅的带领下，通过勤劳灵巧的双手，创造着美、传递着美，绣出自己的美丽人生。

如今在紫阳，说起电子商务助力脱贫攻坚，不管是已经脱贫的唐安平，还是正在脱贫路上迈进的留守妇女，他们无不异口同声地称赞林红梅。

赞红梅，其实就是赞我们这个伟大的时代，赞我们脱贫路上"一个都不能少"的庄严承诺。

红梅赞，赞红梅。大巴山见证了返乡青年的担当，一双双期待的眼睛看到了更多的希望。

红梅赞，赞红梅。滔滔汉水见证了新时代青年的力量，乡村振兴的征程中又多了一个榜样。

2020年2月

丁旭

（陕西省教学能手、陕西省杨凌示范区道德模范）

20 年来，丁旭始终以坚定的理想信念，以无私的仁爱之心，谱写着一曲忠诚的教育欢歌。他将知识化作春风，将爱心酿成春雨，浇灌学生理想的蓓蕾，成为学生健康发展的指导者和引路人。

丁旭 ›››

旭日园丁

"为了赶工作进度，我经常忙得顾不上家。有段时间，早上走的时候，孩子还睡着；晚上回到家，孩子已经进入梦乡……"说这话的时候，丁旭的脸上满是愧疚，但是顷刻之间，他的眼神里又充满了刚毅，语气又是那样坚定："工作总得有人干，换成其他同事，也不会退缩。"

近几年来，忙于工作顾不上家，对丁旭来说已是"家常便饭"，而妻子陈洁，对丈夫的工作状态也习以为常。她能做的，就是在自己同样繁忙的工作之余，照顾好老人和孩子，为丁旭腾出更多的时间。

有着20年教龄的丁旭，现任杨凌高新四小副校长。在别人看来，教师假多，而在孩子的记忆当中，爸爸的暑假几乎找不见人影。

2019年7月，正值暑期，丁旭接到参与杨凌恒大小学筹建的任务。从那刻起，整整两个月，他牺牲自己的暑假休息时间，一头扎进校园建设工地，了解工地建设情况，工程进展情况，协调推进工程进度，统筹开学准备，全力确保恒大小学9月1日正常开学。

进到建设工地第一天，他就给自己定下目标，工程建设、教学设备采购安装、开学准备等所有工作必须在8月15日以前完成，一定要确保顺利开学。他的工作日程表开始了倒计时，每天他都泡在工地，和建筑方、恒大项目方沟通交流，实地察看，有条不紊地推进各项工作按时完成。从混乱的建筑工地到窗明几净的新校园，其中的辛酸只有他自己知道。

"这是谁呀？"一个假期下来，朋友几乎认不出肤色黝黑的丁旭。而他笑着说："虽然一个假期没休息，人晒黑了，体重减了十几斤，但看到孩子们能按时进到校园，我的内心是幸福的，一切辛苦都是值得的。"

建校初期各项工作千头万绪，每一项工作都刻不容缓，必须加班加点。丁旭身先士卒，做好表率，以校为家，默默奉献，每天早到晚归，没有休息日，校园里处处留下了他忙碌的身影。部室装修、设备采购、校园绿化、校园文化建设等，从方案的设计、施工现场的监督、质量的把控，他都亲力亲为，严格把关，高标准高质量完成。为了不影响正常教学，所有工程施工都是在节假日完成，加班也就成为他工作的常态。短短半年，学校优美的环境、干净整洁的校园、独

作为代课老师，每周都要给孩子们上"道德与法治"课

特的校园文化给来校参观的领导和宾客留下了深刻印象，兄弟学校不断派出相关人员参观学习。"其身正不令而行"，他的表率作用是有目共睹的。他要求老师做到的，自己首先第一个做到，而且要做得更好。在他的带领和影响下，恒大小学后勤人的吃苦耐劳精神感动着、影响着学校的每一个人。

正是因为有恒大小学的工作经验，2021年暑假，确保杨凌高新四小一年级的8个班9月顺利开学的重任，又落到了丁旭身上。和以往一样，他没有退缩，继续迎难而上，带领着新的团队，又一次放弃休息，披荆斩棘，在有限的时间之内，完成了在常人看来不可能完成的任务。

当看到学生和家长走进崭新的教室，脸上露出满意的笑容时，丁旭又一次明白，自己的辛苦付出其实不算什么。

教师有寒暑假是让大家羡慕的，可是他的寒暑假，基本上都是在各类活动现场。

杨凌示范区连续举办几届植物辨识夏令营，每年全省几百名中小学生齐聚杨凌，感受杨凌农科城的魅力。当他看到征集志愿者的通知时，他主动报名，参与到学生夏令营的组织工作中去。他在学校管理学生的经验在这里得到发挥，学生参观活动安排、晚会节目策划、学生住宿就餐管理，等等，他都参与其中，而且每项工作都安排得井井有条。有了第一次的义务参与，以后每次有这样的活动，总是少不了他忙碌的身影。一年一度的杨凌国际马拉松，是杨凌人民心中的一件大事，也是向外展示杨凌的一次机会。从首届杨凌马拉松活动开始，他就作为志愿者，参与活动的组织。主要工作是负责所有工作人员和志愿者的就餐。他从前期信息统计整理，到比赛当天配餐发放，近万份配餐，都是精准投放，无一疏漏。2019年第一届陕西省教育信息化创新大会在杨凌召开，他又参与活动组织。他被分配到接待组，主要负责全国各地来宾的接送站工作。为了让来宾感受到杨凌人民的热情好客、周到服务，他详细安排接送站方案，提前与来宾沟通，准时到站等候接站，确保了所有参会来宾行程安全顺利。活动结束，参会来宾无不对这次大会接待工作表示满意，在大家返程时，他收到的短信都是感谢组委会的精心组织，感谢对他们无微不至的照顾……

2020年7月，带着上级的信任和嘱托，丁旭又重整行囊，来到了高新第三小学（后简称"三小"），开启了支教的新征程。如何提升三小教学质量，如何引领学校高质量发展，如何将高新管理模式进行有效嫁接，是他面临的新挑战。暑假期间，他又一次放弃休息时间，提前进入工作状态，多方调研，充分了解校情、师情、生情，做到心中有数；又从班级开设到学生报名、从课程设置到教师岗位调整，从教师分工到课务安排等工作，结合实际，做到科学合理安排。由于有提前谋划和充足的准备，所有工作都开局顺利。

学校要发展，质量要提升，教师是关键。丁旭把教师专业发展和能力提升放在首位，打造团队，引领发展。面对三小教师业务能力参差不齐的问题，他充分调研，以问题为导向，开展精准培训，着力打造专业教师队伍。策划组织全体教师参加高新四校户外拓展培训，教师集体培训、

与孩子们一起在新校园植树

校本培训等系列活动，不断增强团队凝聚力，努力提升教师专业水平；充分发挥名校示范引领作用，开展"名师进校园"活动，邀请马翠娥、张小霞、徐伟莉3位高新小学骨干名师来校进行示范课教学及专题培训，通过骨干名师示范引领，不断提高教师课堂教学水平；他还组织开展"师徒结对"活动，为青年教师成长搭建平台，外派多位教师参加"省级学科国培"，安排教师参加示范区"省级教学能手示范课"观摩活动，组织教师参加高新小学、恒大小学教学研讨交流，不断强化教师培训，更新教育理念，提升教育技能；带领三小管理团队到高新小学、恒大小学交流学习管理经验。

作为主管教学的副校长，丁旭深入一线，狠抓教学常规管理，强化过程督导，向课堂教学要质量，带领教务处工作人员为全体教师做好教育教学指导。为了充分调动教师的工作积极性，根据杨凌示范区教育局有关政策，结合高新三小实际，开创性制定了《教育教学管理绩效奖励办法》，效果明显，教师工作积极性得到很大提高。

高新三小地处杨村社区，生源主要是周边社区和农村的学生，留守儿童和贫困学生居多。在充分了解情况后，丁旭把学生良好行为习惯养成教育放在德育教育首位，长期坚持"六好"育人目标，先后开展了"一年级养成教育成果展示""校园之星评选""文明礼仪伴我行"主题教育等活动，学生的文明礼仪有了进一步的改观，师生的整体精神风貌有了很大的提升，学生的集体荣誉感有了明显的增强。

为了丰富农村孩子假期的学习生活，丁旭组织开展了"图书漂流"活动，将学校图书馆的近千本图书按照学生兴趣，以班级为单位发放给学生，培养孩子们良好的阅读习惯。这一活动受到家长的肯定和赞许。

丁旭经常告诉自己，"心中要有老师，心中要有学生，我的工作就是要让老师专心教书，让学生快乐成长。"当他得知有一名学生因为父母离异，孩子缺失家庭关爱，多次离家出走后，主动联系家长，沟通交流家庭教育方法，和孩子谈心，关心孩子的学习生活，并针对学生情况制订一对一的学校关爱帮扶办法，让孩子重新树立了学习和生活的信心。

20年来，丁旭始终以坚定的理想信念，以无私的仁爱之心，谱写着一曲忠诚的教育欢歌。他将知识化作春风，将爱心酿成春雨，浇灌学生理想的蓓蕾，成为学生健康发展的指导者和引路人。

不论是旭日东升，还是晚霞夕照，他犹如一名园丁，默默坚守在自己钟爱的校园，呵护幼苗，点亮人生。

2021年12月

在学生运动会上，丁旭为获奖少年颁奖

赵琦

（陕西省优秀共产党员、陕西省脱贫攻坚先进个人）

赵琦心里清楚，脱贫攻坚必须是在党建引领下向前迈进，因此，他首先抓的是村里党的建设工作。他牢固树立"围绕脱贫抓党建，抓好党建促脱贫"的工作理念，以"两学一做"常态化为引导，扎实开展"不忘初心、牢记使命"主题教育，"党史学习教育"，认真学习习近平总书记著作，扎实开展"三比一提升"等脱贫攻坚行动。

赵琦 〉〉〉

坚守信仰

　　"因味道记住一个地方，大荔算是第一个，也是印象最为深刻的一个。"这是我在一篇题为《大荔味道》的散文当中说过的话。小时候，大荔味道是甘甜爽口的大荔西瓜；如今，大荔味道是脆甜无比的大荔冬枣。善于接受新鲜事物，勇于探索，积极创新，是改革开放40多年来，大荔人留给外界的深刻印象，这种印象犹如我记忆当中的大荔味道，历久弥香。

　　正是因为这种记忆当中的味道和一直以来的印象，在我的心目当中，大荔是富饶的代名词，至少，她不会和贫困有多少关系。可是当陕西省作协分配采写"脱贫攻坚"典型人物任务时，我被分到了大荔县，采访对象是龙门村第一书记赵琦。看到名单那一刻，我的内心充满了疑虑——大荔怎么还会有贫困户？这个问题让我困惑了好几天。恰逢第二十五届中国杨凌农高会召开在即，我不由得想起了曾经在农高会上采访过的大荔农民宋斌武。

那年11月，宋斌武带着媳妇来杨凌"逛会"。从10多年前开着农用三轮车凌晨两点从200多公里外的大荔县出发到杨凌参加农高会，到如今开着小汽车来杨凌了解展会上农业高新科技，宋斌武的变化是大多数大荔农民的一个缩影。作为一名冬枣种植户，宋斌武"逛会"不盲目，他说来杨凌参加农高会，目的只有两个：一是看看最先进的设施农业，想给自己的冬枣温棚升级；二是看看最新技术的水果种植投入品，想生产出精品水果，就得了解大品牌、高质量的农资产品。说心里话，我当时就被眼前这位看似普通的大荔农民给镇住了，他还是农民吗？

如今回过头来看，像宋斌武这样既专业又敬业的农民，其实就是习近平总书记所说的"爱农业、懂技术、善经营"的现代"职业农民"。

像宋斌武这样懂技术的果农，在大荔有很多。既然有那么多懂技术善经营的职业农民，素有"冬枣之乡"美誉的大荔还需要帮扶？还需要派驻第一书记？带着诸多疑虑，我坐上高铁，再次赶赴大荔，一探究竟。

（一）

大荔，这个位于黄河之滨、古称同州的小城，无论是她悠久厚重的历史，还是如今开放包容的品性，都会让每一位到过的人在很短的时间内爱上这个地方。曾经在丰图义仓，注视着阎敬铭的塑像，我向这位心中装满了民生疾苦的先贤深深鞠了一躬；曾经在同州湖畔，放眼万亩荷塘，恍若自己到了江南水乡。

"二华关大水，三城朝合阳"，这是大荔人常挂在嘴边引以为豪的地名联。"二华"是指华阴、华州；"关大水"是指潼关、大荔、白水；"三城"是指澄城、韩城、蒲城；朝是指当时的朝邑县 (后来撤销划归大荔县)；合阳就不用说了，就是大名鼎鼎的《诗经》发源地合阳县。古同州管辖这么多地方，相当于如今的一个地级市。悠久的历史文明让大荔人津津乐道，但是他们并没有沉浸在往日的记忆当中，改革开放的春风吹到渭北高原的时候，许多人还在等待、观望，大荔人早已按捺不住内心的激动，他们抢抓机遇，先走了一步。

在陕西省渭南市大荔县安仁镇龙门村第一书记兼驻村工作队队长赵琦的带领下，我参观了龙门村当年村办企业的旧址。高高耸立的水塔，破旧不堪的厂房，寂静地沉默在村庄主街背后，虽然与当下干净整洁的村容村貌极不协调，但是我依然能想象得出20世纪八九十年代龙门村集体经济火热的场面。

"当时龙门村仅大型工业纤维板厂就有4家，最紧俏的时候，来龙门村买纤维板，需要县上主要领导的批条才能排上队。"自从担任龙门村驻村第一书记，赵琦对龙门的村史

龙门村标识"龙门望岳"

了如指掌。他接着给我介绍："除了纤维板厂，龙门村还有私营棉花加工企业3户，一年加工皮棉1000吨；刨花板厂1个，胶厂1个，面粉厂1个，油脂厂1个，煤球厂1个等。那时候的龙门村，不仅在渭南市，就是在陕西省乃至西北地区，也是大名鼎鼎。"

沐浴在改革的春风里，龙门人铆足了干劲，村办企业的迅猛发展，集体经济不断壮大，使得龙门村在1995年被陕西省委省政府授予"省级小康示范村"，龙门村党支部被省委授予"小康村先进党支部"。在龙门村"乡村振兴文化礼堂"的墙上，我看到了省级小康示范村的牌匾。

赵琦说，那时候的龙门村，看不到闲人，农民在家门口当起了工人，还有人跑运输、做销售，家家盖起小洋楼，户户银行有存款，就连方圆几十里的姑娘，都以嫁到龙门村为荣。这样的繁荣场面，一直持续到世纪之交。

几乎是一夜之间，龙门村所有企业被叫停。有家纤维板厂，刚刚把设备安装完，还没来得及生产，就关门了。欲哭无泪的龙门人第一次听到一个名词——"五小"。虽然他们辛辛苦苦创办的有些企业并不在政府明文规定的"五小企业"当中，但是同样因为高污染被叫停。

在百度百科当中输入"五小企业"，会检索出这样一段话："1999年秋天，中共中央召开了十五届四中全会，就如何推进国有企业战略性改组，作出了统一部署。全会明确强调：要对浪费资源、技术落后、质量低劣、污染严重的小煤矿、小炼油、小水泥、小玻璃、小火电等人们常说的'五小'

企业，坚决地实行破产关闭。"

此时，我站在龙门村中间南北走向的大道上向南眺望，天空湛蓝无比，远处正南方巍峨耸立的西岳华山非常清晰。"风月无际晴空回望数千里，江山如画紫气东来第一村"，千百年来，"龙门望岳"，是这个古老村庄的骄傲。在改革开放初期的大浪潮中，在经济发展的转型期，许多龙门人忘记了他们的骄傲，忙碌的他们曾经有很长一段时间，顾不上面朝华山，龙门望岳。当急促的脚步突然慢下来的时候，他们猛然发现，整个村庄竟然灰头土脸，龙门望岳，哪里还能望见西岳的影子！许多龙门人的心在那一刻被刺痛了，这种痛，一点不比企业被关停来得轻松。

赵琦告诉我，龙门村的返贫就是从那时候开始的。这个让我疑惑的原因，在土生土长的龙门人——现任龙门村党总支书记、村委会主任常永忠那里得到印证。痛定思痛，不服输的龙门人并没有被困难吓倒，在村两委会的带领下，龙门人从第二产业回归到了第一产业。当龙门人再次走进田间，拿起农具的时候，他们猛然发现，不管曾经是办企业当经理，还是跑市场当工人，其实从本质上来说，他们还是农民。勤劳质朴的龙门人回归农田后，重新开始种蔬菜，栽苹果和红酥梨，种冬枣，他们把希望播撒在黄河边这片沃土上，用勤劳的汗水浇灌幸福之花。截止到2016年，龙门村4000亩耕地，有一半以上种植了冬枣。经过多年的摸索，冬枣种植已经成为了龙门村发展经济奔向"小康"的支柱产业。

（二）

赵琦第一次到龙门村是2014年6月，作为省级帮扶单位——渭南师范学院一名年轻的处级干部，他欣然接受组织安排，参与到对口帮扶工作当中来。后来赵琦常想，如果没有党的扶贫政策，没有小康路上"一个都不能少"的庄严承诺，估计他此生也到不了龙门。所以在赵琦看来，作为一名党员，使命与担当责无旁贷，除此之外，还有他与龙门村乡亲们之间的缘分。赵琦走访贫困户，制定扶贫规划，与村干部们共同抓落实。

2016年8月，在甘肃出差的赵琦接到单位电话，通知他担任龙门村驻村第一书记。领导在电话当中询问赵琦有没有困难？赵琦回答说，没有，坚决服从组织安排，保证完成任务。和我谈起当时的情况，赵琦说，咱作为一名党员，即便是有困难，也不能给组织讲条件。而当时的实际情况是，赵琦的儿子出生才三个月，身为独生子女的夫妻俩，还要照顾患病的父亲。但是，赵琦什么也没说，背上行李，住进了龙门村村委会那间宿办一体的办公室。

想改变大家对我的看法，就得把自己当做龙门人。这是赵琦驻村伊始内心朴实的想法。从小生活在城市、从来没有过农村生活经验的他，努力尽快适应农村生活，使自己融入龙门村，打消村干部和乡亲们的疑虑，是他当时最为迫切的愿望。对他来说，首先得适应吃饭。村委会没有灶，他就成了村委会旁边那几家小面馆的常客。炒面、烩面、油泼面，

赵琦向作者介绍驻村扶贫工作

无论花样怎么变，除了面还是面，这让平时以米饭为主食的他别无选择。原本想着，驻村的生活条件比原单位苦，身体肯定会瘦下来，结果反而胖了许多。赵琦摸摸隆起的肚子笑着说，都是吃面的结果。相比夜深人静时的孤寂，吃饭的问题根本就不算是问题。为了减少对父母和妻儿的思念，在龙门村驻村扶贫的许多个夜晚，赵琦一头扎进了书本里。住在龙门村农家书屋的隔壁，为他读书提供了方便，《习近平谈治国理政》《习近平的七年知青岁月》《带灯》《张居正》……许多大部头的经典著作就是在龙门村读完的。

在逐渐适应农村生活的过程中，赵琦每天工作10多个小时，他要尽快摸清龙门村的具体情况，特别是54户贫困户的柴米油盐和衣食住行。从那时开始，龙门人每天会见到一位体形微胖，戴着眼镜，让人顿生喜感的年轻人走街串巷，东家进西家出，嘘寒问暖，不管见了谁都非常热情。

没过多久，年轻的村民吴富森进入了赵琦的视野，也成为了他的牵挂。列夫·托尔斯泰有这样一句名言："幸福的家庭都一样，不幸的家庭各有各的不幸。"和龙门村大多数家庭相比，吴富森的家庭就有诸多不幸。认识赵琦之前，年纪轻轻的吴富森总是愁眉苦脸的样子。赵琦多次登门走访后，了解到这个家庭的种种不幸——吴富森的母亲患脑溢血，术后走路不稳；父亲做了心脏搭桥手术，后来又患上脑梗死，常年吃药；吴富森本人因车祸受伤干不了重体力活，更没有办法外出打工挣钱。原本不富裕的家庭，因病几近赤贫。因为两位老人长期需要照顾，吴富森不得不将上小学的女儿托管，一家人日子越过越恓惶。

针对吴富森家里的具体情况，赵琦和村两委会专题研究，充分利用产业扶贫、就业扶贫、生态扶贫、危改扶贫、医疗扶贫、教育扶贫、政府兜底等7项扶贫政策，帮助吴富森解决实际困难，让这个曾经几乎看不到希望的贫困家庭充分沐浴在党和政府温暖的阳光里。

赶到吴富森家里时，我们没有见到吴富森。赵琦说，吴富森现在当了村道的"路长"，每天打扫清理2公里多长的南北主干道，为家里增加一份收入，现在应该在路上打扫卫生呢。吴富森64岁的父亲吴黑苟得知我来采访，连连称赞说："赵琦书记是好人啊！帮我们家解决了那么多问题，你看这新房子，就是赵书记帮我们申请的政府危房改造资金建的。"顺着老吴手指的方向，我看到一间新盖不久的厢房。"我这心里总觉得过意不去，想请赵书记吃一碗羊肉泡馍，表示一下自己的心意，可每次当我给赵书记说的时候，赵书记总是说，可以呀，我请你。那我就不去了，哪能让赵书记再破费。去年入冬后，赵书记给我送来了一件新棉衣，我知道，那都是赵书记个人掏钱买的。"说到动情处，老吴抹起了眼泪。

让老吴一家更为高兴的是，在赵琦和村两委会的帮助下，利用产业扶贫政策，帮助他们家栽植了五亩大棚冬枣，明年就可以挂果了，这让一家老小重新燃起了生活的希望。"授人以鱼不如授人以渔"，赵琦说，想要彻底帮助贫困户脱贫，根据实际情况实施产业扶贫，是最为有效的办法。等

赵琦带领村干部到杨凌考察学习现代农业

老吴家的冬枣挂果了，村上会帮助他联系客商收购。

当我们准备离开时，吴黑苟老两口坚持要送到大门口。临别时，老吴喊了一句："赵书记，我之前说的事，你别忘了。"赵琦笑着说，记着呢。我问啥事？赵琦说，老吴想在春节期间设一个摊位，销售烟花爆竹，委托他咨询办理烟花爆竹经营许可证的事。他还得再咨询一下相关部门，只要符合规定，争取把这事给办成。

（三）

在龙门村驻村扶贫8年至今，赵琦始终把脱贫攻坚当做神圣的事业。作为"省派"驻村第一书记，赵琦坚持高标准严格要求自己，一心扑在工作上，表现出了强烈的事业心和高度的责任感。他通过在村里挨家挨户走访调查，与干部群众促膝谈心，深入了解民情，倾听群众呼声，掌握了全村第一手资料，并和乡亲们建立了深厚的感情，成为群众心目中的好书记。

赵琦心里清楚，脱贫攻坚必须是在党建引领下向前迈进，因此，他首先抓的是村里党的建设工作。他牢固树立"围绕脱贫抓党建，抓好党建促脱贫"的工作理念，以"两学一做"常态化为引导，扎实开展"不忘初心、牢记使命"主题教育，"党史学习教育"，认真学习习近平总书记著作，扎实开展"三比一提升"等脱贫攻坚行动。

他带领党支部在龙门村开展"感恩人民领袖，感恩党的领导"的"两感恩"主题活动，工作队统一为全村每一户贫困户制作并悬挂习近平总书记人民领袖画像。

在他的带领下，龙门村率先建设"学习型党支部"，让党员干部先学起来，带动群众学习，党员干部始终保持思想的先进性，最大限度地发挥先锋引领和示范帮带作用，《陕西新闻联播》对此做了专题报道；率先实施党员公开承诺践诺制度，自觉接受群众监督。赵琦还组织成立了党员科技扶贫帮扶小分队，活跃在田间地头，解决群众生产当中的实际问题。在支部一班人的努力下，龙门村党支部成为龙门村坚强的战斗堡垒。

赵琦告诉我，龙门村在这方面有着非常好的传统。为了进一步说明情况，赵琦给我讲述了党员和村干部带头升级改建冬枣温棚的故事。

赵琦驻村不久，发现龙门村人虽然回归农业生产好多年，也确立了经济作物的发展方向，但是所产的冬枣卖不出好价钱，一部分种植户的积极性也受到了影响。赵琦和村干部走访后发现，制约冬枣产业发展的主要原因是设施问题。在此之前，常规的冷棚种植市场已经饱和，冬枣每斤收购价只有三五块钱，想要卖出好价钱，必须给冬枣的设施升级——建温棚。相比传统的冷棚设施，温棚的成本比较大，建一座棚需要5万元。尽管赵琦和村干部挨家挨户做工作，群众却很少有人响应。经过深入交流，赵琦找出了症结所在——大多数群众担心改建了温棚，还是卖不上价。"这个时候，我们的党员和村干部站了出来。"赵琦说，"党员示范户改建自家的冬枣棚，就是为了发挥示范带头作用。通过示范种植，产生了良好的效果，温棚冬枣每斤卖出十几甚至20多元钱，彻底打消了群众的顾虑。"村主任常永忠就是参与"党员干部示范棚"的一员，他告诉我，村看村，户看户，群众看干部，在党员和村干部的带领下，龙门村高标准的冬枣温棚从最初的6座发展到现在的200余座。

改变种植模式，就是为了提高冬枣品质。为了让优质的冬枣吸引更多的客商，卖出更好的价格，2018年，在赵琦的努力下，龙门村建立了自己的冬枣市场，群众再也不用把冬枣拉到镇上的市场去交易，在家门口就把冬枣卖给了外省来的客商。因为品质好，讲诚信，龙门村冬枣的价格比其他地方还高出一元钱。虽然从小在城里长大，没种过庄稼，但是赵琦明白，想让冬枣卖出好价格，每一位果农必须用实际行动来维护大荔冬枣的品牌，要像保护自己眼睛一样保护大荔冬枣的品牌。"谁要是不讲诚信，砸了冬枣的招牌，那就等于砸了我们自己的饭碗。"赵琦的倡议得到了龙门村枣农的一致响应。

为了让龙门村的冬枣种植户更好地掌握核心技术，规范管理，减少盲目操作，赵琦通过自己的单位渭南师范学院，帮忙联系农业专家。渭南师院专门联系了西北农林科技大学，对方派出了经济林研究所所长、著名杂果专家吕平会教授到龙门村，为冬枣种植户开展讲课，解决大家技术方面的疑难问题。

在龙门村，我了解到这样一个变化—— 2014年，龙门村农民人均年收入只有几千元，这已经是龙门村回归一产后的最高人均收入水平了。到2020年年底，龙门村人均收入达到了1.9万元，其中绝大部分收入来源于冬枣种植。

（四）

渭南师院好干部，
来咱龙门村常驻。
第一书记叫赵琦，
他的工作真积极。
抓冬枣、搞试点，
美丽乡村他也管。
串巷入户他常转，
发现问题及时办。
他们扶贫整五年，
龙门旧貌变新颜。
省市县镇受表彰，
师院荣光咱荣光！

在龙门村村委会，85岁高龄的老党员蒙玉顺给我现场表演了一段他撰写的"快板"，夸赞第一书记赵琦。面对群众的热情赞誉，一旁的赵琦腼腆地笑着说："这都是咱应该做的工作。"时任龙门村党总支书记刘忠民介绍说:"老蒙同志记性非常好,是我们龙门村名副其实的"快板王"。近几年来,精神矍铄的蒙玉顺围绕党的惠民政策、美丽乡村建设、精准扶贫、老年人保健养生等方面,创作快板20多段,随时随地为群众表演,深受广大干部群众的欢迎。为了让这些脍炙人口的快板进一步发挥宣传作用,赵琦把蒙玉顺创作的快板整理成《蒙玉顺快板集》,以渭南师范学院驻龙门村帮扶工作队的名义装订成册,发给群众。此举让老蒙同志高兴得合不拢嘴。"

因为工作原因,大荔县安仁镇"90后"镇长助理赵荣和赵琦非常熟悉。在龙门村采访期间,碰巧赵荣来村里办事,她告诉我,赵琦在工作上是一个雷厉风行的人,从不拖泥带水。2018年年初,渭南师范学院领导来龙门村调研,安仁镇领导恳请渭南师院在龙门村帮扶上再给予支持,师院领导当即表示同意。当天晚上,赵琦加班到凌晨2点,做好帮扶方案。第二天天刚麻麻亮,赵琦就开车赶回渭南师院,赶上班就把方案放到了领导的办公桌上。

听了赵荣的介绍后,我在想,正是因为熟悉龙门村的大情小情,心里装着群众,脑子里无时不谋划着龙门村下一步的发展,成竹在胸,所以赵琦加班做方案一气呵成。

2018年3月,渭南师范学院党委办公会、校长办公会专题研究《渭南师范学院帮扶龙门村脱贫攻坚三年规划(2018-2020)》,共计投入资金92.6万元。赵琦告诉我,目前这些项目都在紧锣密鼓的实施当中。

龙门村冬枣示范棚硕果累累

村支书兼村主任常永忠背过赵琦，给我讲了一件事。老常讲这事的时候，表情非常凝重。他说2017年冬天，赵琦和他们几个村干部去西安联系务工，途中路过唐都医院，赵琦说停一下，他顺道探望一位病人。常永忠他们以为赵琦去看望亲戚或朋友，也就没有在意。过了很长时间才知道，那次赵琦顺道探望的，是已经患重病住院多日的父亲。可是他从来没有告诉任何人，工作当中依旧激情饱满，始终面带微笑。2018年1月7日，赵琦的家里来人接他，这时龙门村的党员干部才知道，赵琦的老父亲刚刚病逝。一直奋战在扶贫一线的独生子赵琦，没有见到老父亲最后一面……

在父亲最后的日子里，没能守在病床前；父亲临终，没能见到儿子最后一面。赵琦88岁高龄的外公出殡那天，他还在龙门村扶贫一线。听完了常支书的讲述，我也忍不住鼻子发酸。对于赵琦来说，这是人生当中最大的遗憾。可是赵琦却说，那段时间是脱贫攻坚最为紧张忙碌的时刻，身为驻村第一书记和帮扶工作队队长，他必须坚守岗位。秉持着"舍小家为大家"的精神，赵琦只能将这份遗憾深深地埋在心底……

对于大多数搞文字工作的人来说，数据是枯燥的。可是当龙门村两委会给我提供了这样一组数据时，我突然觉得，这些数据的背后，是龙门村翻天覆地的变化，是群众获得感的不断增强，若以此告慰赵琦的父亲和外公，老人家应该是欣慰的。

产业发展是脱贫攻坚的必由之路

这组数据具体如下：

他驻村扶贫8年至今，成为全省驻村扶贫时间最长的干部之一，他驻龙门村的扶贫工作入选"全国优秀脱贫案例"。他在龙门村创建了9项"全县第一"，即：全县第一个乡村振兴文化礼堂；第一个乡村振兴文化书屋；第一个新时代文明实践站；第一个新时代农民讲习所；第一个党建文化墙；第一个脱贫攻坚展厅；第一个精准扶贫立体作战图；第一个爱心超市；第一个村级污水处理厂。龙门村成为第一批脱贫村，被大荔县委、县政府誉为"脱贫攻坚第一村"。

赵琦紧紧团结带领村两委会一班人群策群力，把脱贫攻坚与乡村振兴发展结合起来，积极争取资金13万元实施"勤劳广场"项目，完成全村街道交通标线规划与施工，争取排水道工程款12万元，生产路硬化项目资金合计80万元，积极争取移民贴息贷款100万元，争取冬枣产业扶贫项目资金50万元，争取农田水利设施提升项目资金400万元，争取第二产业园项目资金85万元，2019年将龙门村建成为"创业担保贷款信用村"，为全村共计落实贷款350万元。

建成全市第一个"渭南市互联网＋产业扶贫示范站"，龙门村被授予"全市互联网扶贫定点支持单位"和"全市农村电商互联网扶贫示范单位"，让互联网助力果品销售实现增收。"渭南师范学院冬枣种植与管理技术研究中心"已经挂牌，占地200多亩的龙门村冬枣产业科技扶贫示范园已具规模，10kWP分布式光伏扶贫发电项目发电并网，由渭南师范学院援建的"龙门村20kWP光伏发电扶贫项目"投入运营，龙门村集体经济不断发展长壮大。

建立了全省第一个农民书院——"龙门书院"。2020年5月1日，龙门村举行建村700周年活动，极大增强了全村群众的凝聚力和自豪感。历时两年半编撰的《龙门村志》正式发行，"福佑龙门"主题雕塑落成揭幕。举办了庆祝改革开放40周年暨渭南市"扶志扶智下基层"主题活动，先后举办扶贫演出9场，举行了"国家扶贫日"暨重阳节主题活动，隆重庆祝"中国农民丰收节"，改变了龙门村群众的精气神。

赵琦担任驻村第一书记兼驻村工作队队长以来，共计荣获18项各级个人荣誉。在这里，我只记录几项重要的——"全国优秀脱贫案例优秀人物"；被中共陕西省委授予"陕西省优秀共产党员"、被省委省政府授予"陕西省脱贫攻坚先进个人"；荣获"陕西省脱贫攻坚奖"，成为全省省属高校唯一获"陕西省脱贫攻坚奖"的驻村第一书记。也是渭南市唯一荣获"创新奖"的驻村第一书记；被授予"陕西省脱贫助农公益大使"；被中共陕西省委组织部、省扶贫办等授予"优秀省级单位第一书记"。

"说心里话，赵琦刚来的时候，我不看好他。"在时任龙门村党总支书记刘忠民眼里，当初这个白白胖胖、带着眼镜的文弱书生，别说扶贫，估计农村的生活都适应不了，绝对中途会当逃兵。说起对赵琦的第一印象，现任村支书兼村主任常永忠与刘忠民的看法是一致的。而如今，两位村干部打心眼里敬佩这位城里来的年轻人。

"他真的出乎了我们的意料。"常永忠说，现在的赵琦，

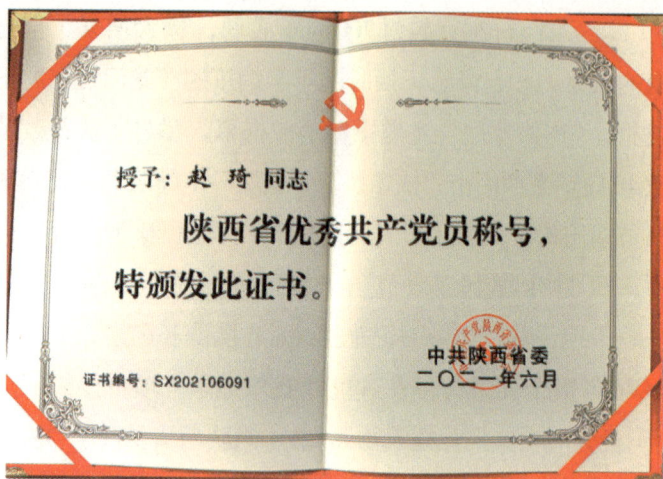

授予：赵琦 同志

陕西省优秀共产党员称号，
特颁发此证书。

证书编号：SX202106091

中共陕西省委
二○二一年六月

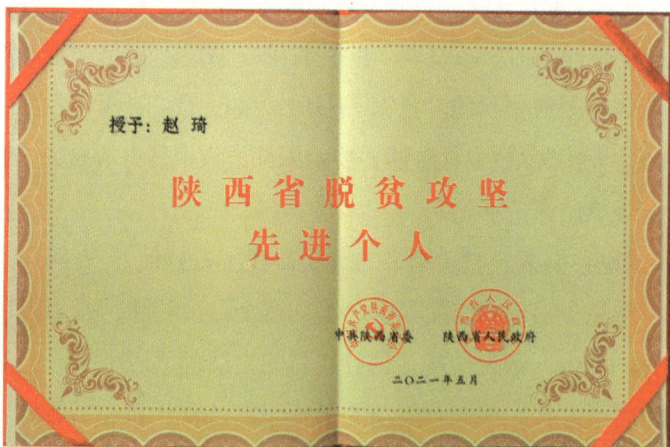

授于：赵琦

陕西省脱贫攻坚
先进个人

中共陕西省委　陕西省人民政府

二○二一年五月

荣誉是肯定也是鞭策

比刚来的时候肤色黑了，白发多了。

在龙门村的两天采访当中，与群众、村干部们交流的时候，我真真切切地感受到了大家对赵琦的认可，他们见到赵琦时的眼神里饱含深情。那种真挚的情感，绝对不是装出来的。

2019年7月26日，赵琦的扶贫故事被中宣部"学习强国"平台关注，一篇以《陕西大荔第一书记赵琦：把忠诚写在秦东大地上》为题的通讯迅速传遍网络。同事、朋友打电话、发微信向他表示祝贺，赵琦却平静地说："工作成绩是大家齐心协力干出来的，我只是尽了一名扶贫干部应尽的责任。"

2019年10月

跋 >>>

今年夏天

2021年秋播，我在杨凌种子市场买了70斤"武农988"小麦种子，让父亲试种二亩地。今年夏收，父亲告诉我，"武农988"亩产在1300斤以上。我说应该不止这些。父亲说对，他下种时，每亩地少播5斤，还有就是，去年冬季没有灌溉。

69岁的父亲是个犟老汉，不让种地，他立即觉得生活索然无味。今年夏天，他依然收获了6亩小麦，其他品种的亩产都过了千斤。颗粒归仓，父亲抹了一把额头的汗滴，乐呵呵地说："仓中有粮，心中不慌"。

今年夏天，87岁的小麦育种专家赵瑜研究员参加了一个小麦品种权实施许可协议签约仪式。据《农业科技报》报道：杨凌职业技术学院科技与教育研究处、国家（杨凌）旱区植物品种权交易中心和河南开封莲瑜种业有限公司负责人共同签订了"武农981"和"武农988"小麦品种权实施许可协议。许可协议期限为一年，签约金额100万元，主要是江苏和安徽小麦主产区的生产、包装、推广和销售权许可。"武农981""武农988"是赵瑜团队育成的大穗大粒优质高产新优品系中的两种。

坚守豆村农场60多年，赵瑜老师主持选育了9个小麦品种，累计为农民增收48亿元。

今年夏天，70岁的王建人看中了太白县两棵国槐，国槐原来生长的地方要修路，如果没有遇见他，可能就变成了板材。买树、运输、栽树，他花费了数万元。当两棵粗壮的国槐竖立在杨凌双模农业科技有限公司新落成的大门两侧时，王建人黝黑的脸上挂满笑容。在他的身后，是双模公司320亩育种基地。数十座大棚里，第一茬番茄育种接近尾声，露天地里冬瓜品种长势喜人。栽好国槐后不久，王建人带着骨干员工赶往百公里以外的礼泉县，指导与他们签订合约的职业农民赵曼利采摘第一茬最后一批制种番茄。

今年夏天，52岁的杨凌农民劳模王中来从中国劳动关系学院"劳模本科班"毕业了。4年前，王中来进京上大学，老母亲死活不相信——"都快50岁的人了，还能上大学？还是去北京上大学？"学成归来，王中来信心满满。作为杨凌双模农业科技公司的发起人之一，通过新技术和新品种的推广，带动更多的农民迈上致富路，是他矢志不渝的奋斗目标。

今年夏天，林红梅来到了农科城杨凌，参加省妇联在这里举办的陕西省巾帼电商创业创新大赛。她从400多名参赛者当中脱颖而出，获得金奖。近几年，林红梅带领一群青春洋溢的年轻人，一直坚持做美好乡村的内容视频，用实际行动助力乡村振兴，帮助在外青年回乡创业，帮助留守家乡的村民守业致富，让巾帼初心在青山绿水间荡漾。巾帼电商创业创新金奖，实至名归。

今年夏天，年过六旬的贺新民依然四处奔波，为秸秆综合利用的推广鼓与呼。他让秸秆华丽转身，他坚信这个利国利民的项目在产业化发展道路上能够迈上快车道。

今年夏天，我的这本小集子修改订完成，樊志民教授说是"以文学的形式给我们留下了一份社会转型的珍稀标本"。我诚惶诚恐，愧不敢当。教授是我敬仰的大先生，不辞劳苦，倾心作序，感激不尽。

六年前，著名作家贾平凹先生为我的散文集《农城四月天》撰写推荐语；三年前的夏天，又为这本集子题写书名，还勉励女儿李奕晨"长大有为于社会"。先生厚爱，铭记于心。

赵瑜、王建人、王中来、路荣军、贺新民、林红梅、马玉建、丁旭、赵琦，他们是我众多采访对象当中最让我感动的人。讲述他们的故事，也是记录我们这个伟大的时代，记录在时代变迁中一群看似平凡而又不平凡的人。

今年夏天，我再次被他们感动。

2022年7月29日

记一位抑郁症患者

刘晓玲

A　小宇

　　我叫小宇。印象里我是有一个表姐的，但是我已经几年没有见过她了，爸爸妈妈也很少提及，好像没有见到她是一件理所应当的事。我有点奇怪，我是相信自己的记忆力的，尽管此时的我只是一个三年级学生。

　　我的表姐比我大十三岁多，现在的她应该是二十出头了。她是我姑姑的女儿。表姐是个话很少的人，在我的印象里她总是沉默着的，尤其是在吃饭的时候，一大家子人说说笑笑很是热闹，从这个话题谈到那个话题，沉默的她总是显得格格不入。当大人们还没有找到合适的话题的时候，姑姑就会说她"是哑巴了不会说话啊"，表姐只会抬起头小声讲几句无关紧要的话，姑姑就会接着说："声音这么小是没有吃饭吗？没办法哦，不晓得为啥这么瓷器（方言，放不开的意思）……"接着就会谈到诸如孩子的教育之类的问题，然后又是一通天南海北的胡侃。我记得我两年前过年和妈妈守岁的时候问她："为什么姑姑这么喜欢谈论教育问题呢？"当时问的这个问题，我自认为十分深奥，问出来也只是想显摆自己"独到的眼光"，并没有那么在意妈妈的回答。出乎意料地，妈妈认认真真地回答了这个问题：

"可能是因为她教出了一个过分听话而优秀的孩子，比一般人都有资格谈论这个话题。"很显然，妈妈的回答比我的问题更加深奥，这直接导致我生了她一天的闷气，原因自然是她无意间打压了一颗妄图表现的少年的心。

确实，表姐是个过分听话而优秀的孩子——至少在一般人眼中，她是完完全全的别人家的孩子：无风无浪的童年，让大人省心无比；学习有着高度的自觉，奖学金那是拿到手软，游戏什么的那是绝对没有碰的；到了考大学的年纪也顺理成章地把"985"高校的录取通知书拿回了家……总之表姐的成功是三天三夜都说不完的，唯一的不足可能就是孤僻了吧，每次在家都是一个人待在房间里。通常像我这样的熊孩子是不被允许去打扰表姐的，并且我还被告知，表姐这不叫孤僻，叫学习。那时的我才知道，原来一个人待在房间里叫学习，"那可真是无聊"。之后我问过自己的同学喜欢学习吗，答案自然是否定的。我想也是，怎么会有人喜欢一个人关在房间里呢？

我自认为学习是件熬人的事，有一段时间还暗戳戳计划如何解救"水深火热"的表姐。我挑了个晴朗的日子，大大咧咧地推开了姐姐的房门，附赠我特有的大嗓门："姐姐出来玩！"她红着眼睛，在那一瞬间愣住了，我还在思考是不是我太大声把表姐吓哭了。我还在愣神，表姐却已经反应过来了。"出去。"表姐的声音小却冷得像冬天的冰，好像把房间里的冷气都聚在喉咙里了。我愣愣地走出去，连房门都忘记关了，走了很远才听见身后砰的一声。

自那以后，我就真正听进了家长的话，不再去打扰表姐，解救表姐的"英雄计划"也被迫搁浅了。

表姐真正迈出家门的时候可能是高考结束后，那段时间表姐很有规律地出门，我对于表姐的外向十分欣慰，原来公主是可以不用英雄来解救的，她们可以自己逃出来，表姐不愧为优秀的人，果然不落俗套。后面过了大约几个星期，暴躁的姑姑开始念叨"科二不过"的时候，我才知道原来表姐是去考驾照了。我才注意到，表姐的脸色和以前一样，原来公主没有逃出去。

过了假期，姑姑送表姐去了学校，我期待着表姐带着她自己的笑回家，尽管我认为学习是件痛苦的事，但是大学一听就很大，姐姐学习的房间应该也会很大，说不定，人就会变开心呢。

大学可能真的能改变一个人吧，姑姑说表姐每天必定给她打电话，我暗暗惊叹，我妈妈则是直接表达她对姑姑可以教育出这样优秀的孩子的羡慕，饭后更是好好地和姑姑聚在一起取经。

然后……就没有然后了，表姐就这样子从我的视线里消失了，好像上了大学就一去不复返了，姑姑再也不谈论教育了，妈妈也再没有取经。

表姐走了，又好像没有走，只是最近老是梦见她，在梦里她笑得很好看，又像是老师口中的最后获得幸福的公主，唯一的差别可能就是身边没有王子吧。

B　表姐

可能有些人生命里有的就是悲哀吧。我知道自己说这种话会有一大群人跳脚，可能有许多高谈阔论排队等着进入我的左耳或者右耳——"你上了个好大学，已经超越了很多人了，只要听话安分，那就有大好的前程等着你……""老师那么喜欢你，你问问哪个同学不羡慕你？"……在学校的我，连我自己都羡慕，但也仅限于学校。因为到了家里，我就得听话地待在一个小小的房间里，无论是我自己家还是外婆家，似乎没日没夜地学习、大门不出二门不迈才能让我的父母短暂地安静。

安静，我记得以前的自己是不喜欢这个词的。我喜欢一大群人聚在一起的感觉，就像冬日的暖阳一样，身在其中就觉得温暖无比。一大群人就免不了有些许嘈杂，但我是乐于享受这份世俗的"嘈杂"的。但是是从什么时候开始的呢？身边的声音变得不那么讨人喜欢了，甚至是那种让人难以忍耐的吵闹——"做作业了吗，就出来了？""听点话好嘛，给父母省点心。""又去哪里瞎混了，你说你做的是你这个年纪该做的事吗？"……这些琐琐碎碎的噪声一点点在我心里堆积，空气看不见也摸不着，但是却把我的心压得有些难以喘息。当时的我想着，还是太玻璃心了，不就是听话吗，还能难住我？给自己打过气后，再反应过来就是几年的小房子生活，有天看见一只因误闯我的房间而死去的蝴蝶，我想自己或许已经习惯了。

安静的生活造就了一个"安静"的我，如果那样的我称得上是安静的话。

我发现，自己似乎变得有些木讷了，就像一个呆呆的木偶娃娃，尤其是在家人聚在一起吃饭的时候。我妈妈紧随之后发现了我的变化，于是家人的话题就多了个我的"瓷器"。刚开始，我很无奈，我想试着说服妈妈我并不是那样的，我也可以加入大家热火朝天的讲话。后来我发现，原来他们并没有那么在意我是否"瓷器"，只不过需要一个话题，就像数学题的答案就需要 A、B、C 来表示，换成1、2、3 也没有人觉得奇怪。明白了这一点，我就学会了搪塞，搪塞回答，搪塞一切。反正缺了我也无所谓，家人们总是会找到话题的，饭桌上最不缺的就是米饭和闲话。

安静的人总是淡淡的，这似乎没有什么值得奇怪的。如果说还有可以刺痛我的东西，或许只有妈妈的眼神了。

小时候看过许多童话。有的说小动物的眼睛会说话，因此才和漂亮的公主交上了朋友；有的说公主的眼睛会说话，因此才能和王子一眼万年；有的说王子的眼睛会说话，因此才能吸引漂亮的公主。这直接导致我以为，会说话的眼睛只会出现在童话故事里。直到有一天，家里来客人了，妈妈反复告诫我记得看她的眼睛。可是客人来了我却读不懂妈妈的意思，做错了事，妈妈脸上挂着笑，但是我却比任何时候都害怕。果然，客人走后妈妈免不了对我一番说教，好像就是那个时候，我习惯了看别人的眼睛，尤其是妈妈的。情绪变化都映在了她的眼睛里。当眼睛里没有闪光的时候，我就再也没有相信过童话故事了，小时候的我成了逗乐自己的笑话。

高考后的我，在妈妈的建议下去考驾照。我不喜欢练车，一走一停的车，像是一两个大汉抱着我的脑袋猛摇，汽油味也是如影随形。教练没有会说话的眼睛，但是他有会打人的手，第一天练完车的我，揉着自己被打麻的右手，还饶有兴趣地数着毛细血管破裂透出来的红点点。我想，可能还是自己太笨了，考得上"985"却学不会一辆车的驾驶技巧。

练习科三是在一条弯弯曲曲的道路上，对面的车每次都像是要怼在我的脸上。我反复搓着自己的手，看着窗外说，"天气好好，车……好多。"

"天气好就多练，只知道偷懒。"

"哦，好。"

燥热的暑假过去，我得告别家乡去往外地了，久违的开心像湖里的涟漪一样久久化不开。但是过了几个星期，我看着手机里每天的视频通话记录，久久无言。

　　和同学在寝室合唱了一首歌，叫《海底》，是首很安静的歌。"……你说人们的骨灰应该撒进海里……"那天攒了好久的泪水，终于顺理成章地落了下来。

　　我想让我好像一直都很听话，一直也很安静，但是早上八点河里砰的一声告诉我，不是的，你一点都不听话。

代　沟

姚雨霏

　　一条沟横跨在我和父母之间，在沟的这边我可以看到我眼中的世界，沟的那边父母从另一个角度看到世界的另一面。就这样，这条沟隔绝着我们，产生了我们站在彼此角度看待世界的分歧。

　　小时候，父母在我眼中是无所不能的存在。年幼的我只能待在属于我的一方天地，故而眼界与阅历都狭小且不足。那些从父母身上听到的新鲜词汇，在我的记忆宫殿里都显示不存在，面对父母的长篇大论也只能做出"哇！说得真有道理！"这样的感叹。

　　十岁以前，生活里似乎没有能难倒他们的存在。那些我解不开的数学题、那些我走不通的路以及我做不到的所有事，在他们那里都能被完美解决。

　　尽管有时并不理解他们做出某种选择和决定的原因，但我依然能够支持他们去做。

　　这也许就是最初的代沟，在沟的这边我尚无力去探索世界的真实面目，只能在沟的这一边与父母遥遥相望，看着他们完成一件又一件的大事，脸上流露出佩服和欣羡的神情。

　　后来等我慢慢长大，有能力也有自己的思想作出一些决定。权衡各方利弊后我依然会向父母寻求意见，尽管有时我们并不能达成一致。但我渐渐感受到有什么东西在改变。

父母的一些决定我渐渐不能感同身受和理解，他们的一些决定在我看来没有多大的理由也完全没有必要。比如辍学打工、比如背井离乡、比如在小县城定居却在另一个地方买房、比如执意要生二胎、比如频繁地更换工作甚至不工作。正如他们也不理解为何下一代人如此沉迷于虚拟世界和网络游戏，不理解为什么要在虚拟世界里氪金，不理解在00后的社交圈里流传甚广的搞笑段子和梗。

我们的看法和角度都不一样了。

在沟的这头，我奋力向前跑去，跟上时代的脚步，去探索全新的世界。在沟的那头，父母停下了脚步，想要越过鸿沟但却无能为力。

我们都没有错，只不过在各自的价值观里每件事物的重要性都各不相同，我们所处的圈子也不允许我们靠近上一辈或者下一辈太多，否则就会被喷"老成"或者"幼稚""天真"。

于是又想起了爷爷奶奶，他们与爸爸妈妈之间也划出了一条深不见底的沟壑。也许他们也无法理解为何子女要早早地离开故乡，执意要在另一个地方扎根。对于他们而言，老家、邻居、土地才是他们的家园，因此一辈子坚守、一辈子等候。

那么爷孙之间的沟壑就更大了，不能说上辈乃至上上辈的思想不正确，只是有一些不适合时代了。

互联网飞速发展的今天，后浪积累了所有前人的智慧，为社会主义事业的蓬勃发展贡献了中坚力量。爷爷辈们大都退休在家，能学会使用电脑和手机都已经很不错，显然无法跟上时代的脚步。

时代的沟壑深深地划在每两代人中间，也许我们终究无法填补中间二三十年的差距，但我们可以试着去理解上一辈或者未来的下一辈的想法。

雨

方　浩

　　傍晚，天本显现晴色，却兀的下起雨来。渐渐成了大雨，我也免不了听见哗哗声了。自然而然，我挪步到了窗边——外面有什么看的、听的？

　　全无啊。

　　听到雨声，我会在窗边，在窗边看，看各处。会看见有人急忙收衣服，看见有人手挡着头奔跑，看见披着雨衣的骑手，看见雨在灯下闪出的光，看见雨丝的幕布。我看见的是雨景。

　　所能听到的，有雨滴落地的声，有汽车的鸣笛声，有行人的喧嚣声。我听见的是雨声。

　　我看着、听着，甚至于在享受着——宁静。雨会带来静气，在你静静观察时，更是如此。

　　为什么雨中漫步具有别样色彩？因为距离感。

　　我看的景、听的声，与我之间隔了个雨。我似在其中，又似在其外。我是静的，而楼下楼外却不停。我确在其外了。雨是我和人间的"隔膜"，我得以用物外的、客观的、审美的角度观世界，宛如上帝的视角，亦如观戏般，同情却不感伤，理解却不历经，赞同却不立行，只体味着它。我在此无比地静，以眼中物涤荡心中物，在升华。

　　其实，我不过是小站一会儿，静看与听。没有丝毫的神异，有的是恬静和深邃的气质。

　　我这听雨看雨的习惯大概是在小时候养成的，当下雨无法外出时，便会待在窗前，远眺，也期待伙伴到来。久而久之，听雨、看雨成了我的习惯。大概，习惯的养成总接着地气吧。

　　我赞美雨，雨是诗人的盛宴。

与月谈

王灼曦

小时不识月，呼作白玉盘。又疑瑶台镜，飞在青云端。在尚不知诗词之美的年纪，这两句诗即在我耳边常常响起。月，与曜日星辰、天地山海一样，亘古存在，高悬万年。有多少小儿对青云上的白玉盘抱有好奇，有多少文人对月发出过人生苦短、羡月久长的叹息，自古以来又有多少对嫦娥蟾桂的想象。月，是烙印在整个人类历史和生命的存在。我有时会想，千万年的时光里，俯视着人间的月，会有什么思索和想法？

除了小时不识月的稚语，李白还发出过"青天有月来几时？我今停杯一问之"的问话；苏公也言月"盈虚者如彼，而卒莫消长也"。对于人们来说，经年永存的月或是如同神明一般的存在，那么对于月来说，人类又是何样的存在呢？

传说盘古开天辟地，垂死化身，左眼为日，右眼为月。从创世之初，月就已存在，看着世间从无到有，看着人们在黑暗中寻找火种，在山林中狩猎食物，在荒原中开辟粮田，在艰难的环境中繁衍生息。初生的月会否有感情呢？会否有神的悲悯、人的悲喜？会否同女娲一样，看着人们受苦会哀伤，看到苦难过去会欣慰？月是以何种的心情看待这些同样初生的生命？将月奉作神明的人可能会以为月为人的命运挂牵，我却不那么乐观，假使月真可拥有情感，初生的、如无知稚子的月，初见尘世的月，冷清的、洁不染尘的月，其身还未沾染任何尘世泥土的月，在我想来，恐怕是凉薄的吧。人类于月来说，和僵硬脆弱的草木、碌碌爬行的兽禽，又有何许不同呢？我无法回到万年前的过去求证。如果可以的话，无论是否，我想对我妄自的揣测说一声抱歉。但我仍想当面问月，如同先贤们一样，对月的过往万年抱有好奇。

人类从蹒跚摸索到逐渐适应自然，适时择地而栖，在跌打滚伤中成长，智愈满，情愈丰，对天地的崇拜愈深，山川自然，日月湖海，都被人们赋予了神灵的幻想力量。嫦娥服不死药奔月，月宫之上玉兔捣药吴刚伐桂，人们对月吟诗怀古，将月当作诉衷肠的对象，月圆思团圆，月缺憾离别，举酒邀月饮，对月话愁肠，望今月，思古月，遥想明月应有情。人生代代无穷已，江月年年望相似，古人今人若流水，月盈月缺永高悬。月亮，成为无数文人名士寄托团圆思念之情的对象，成为哀叹人生苦短的人们参照的永恒，人们寄托了太多的感情在月亮之上，以至于月亮好似也生了感情。那么此时的月，与人类共历了千年的月，是否真的产生了感情呢？我想，应当同垂髫幼儿一般吧，小孩子看到亲人流泪会感到不安，会笨拙地安慰，会用心地折一朵花为了看到亲人开心的笑容。我想问此时的月，盈满的你，装满的是对百姓团圆的祝愿吗？缺损的你，是为了人间不得不存在的离别感到难过吗？躲在云帘后面的你，是否因为人们面临的困难处境而感到忧愁和难以面对？洒在人们归家路上的皎洁月光是你美好的心情吗？

从古至今，有国泰民安四海升平，也有山河动荡民不聊生，人类在一次又一次的动荡之中向前进步向上成长，月是否也随着这危安交替的年华流逝在成长呢？人类从幼童长到成年的过程中要经历许多的挫折和苦楚，从而明白立于此世的不易，月眼见了千年的苦难，情智会否一同成长？是会因为见多了苦难从而越发坚韧、面对苦难不软弱不退缩，还是因为历经沧桑而感疲惫、消极隐世？我总觉近代风雨飘摇的那几百年月的光华也黯淡了，是因为人间的硝烟和血腥气熏染吧，遍地的残骸和灰土石块连洁白的月光也无法使其显得美丽，黑色的烟雾使月蒙尘；现代日新月异的发展中，月的光芒又更趋近于白炽灯光，平白沾染了电气的意味，电力是否天然胜过自然力呢？连接了电力的月，让人都无法看见夜幕的星辰，微弱的星光如同傍晚时分的荧光棒，看得见，又看不真切，这是月随着人类进步而做出的进步吗？原来"月行却与人相随"竟不是诗人的猜想和杜撰？我欲问月：离了星辰的陪伴，没有了星星明亮的高涨兴致，你比之往日的心情如何呢？更愉悦还是更孤单？

月于小时的我来说，是一个白玉盘，纵然知道人们将团圆思念之情寄付与月，我在思念时却不喜欢抬头，故而月只能是一个白玉盘；于如今的我来说，是一盏白炽灯，某天夜里的月圆极了、亮极了，浑然一盏白炽灯，半点瞧不见星星，我更喜欢看星辰布满天幕，而非一个月亮孤零零，故而月又只能是一盏白炽灯。直到有一天，有人问我："如果和月亮聊聊天的话，你会说什么呢？"我才思考着，与月谈，我能谈些什么？我会谈些什么？我想谈些什么？

我最想问的问题是：月的本身是什么样的？是我猜测的稚子幼儿吗？还是从初生就是慈爱的长者？"明月有情还约我，夜来相见杏花梢"的明月怎如此像一个二八少女？我们讽刺人爱说"外国的月亮比较圆"，外国的月亮和中国的月亮是同一个月亮吗？听惯了"举杯邀明月"的中国月爱不爱听 moonlight 的称呼？中华儿女能否得到月亮不加掩饰的偏爱？"唯愿当歌对酒时，月光长照金樽里"的愿望月会满足吗？若会的话，我愿称月一声知己。

　　月亮清冷遥远，是一颗小小的土石星球，这是当代人们共同知晓的事。许是中国人经年传承的缘由，认真地把月看作一个朋友、一个生命之时，其中包含的情感比人类本身的情感更加厚重深沉，千百年来人们赋予其上的情意，足以给我们以及后代人们带来无穷的慰藉。今人不见古时月，今月曾经照古人，愿月在未来的岁月里，也一直照耀着、注视着人类吧。想问月亮，你能听见吗？

秋

谢思雨

秋的颜色是什么？有的人认为是金灿灿的稻麦，有的人认为是败落的枯叶，也有的人认为秋天只是百无聊赖的季节。秋天究竟是何种颜色，我也不大清楚。

秋天可能真的是破败的。秋天是李商隐"却话巴山夜雨时"中的柔肠；是张继"江枫渔火对愁眠"里的失落；是历史长河里古今中外的文人墨客触景而生的哀愁。的确，飘落一地的枯叶，空空如也的枝头，灰暗无人的街道，步履匆匆的旅客，似乎眼中所见都宣告着这个季节的萧瑟破败。若非要给秋定义一种颜色，无言的黑白似乎会成为大多数人的选择。

可刘禹锡曾言道"自古逢秋悲寂寥，我言秋日胜春朝"。秋是一种残缺的美，她缺少的并非斑驳的色彩，而是懂得欣赏的伯乐。泰戈尔的"死如秋叶"是一种看破生死后归于淡然的人生态度；杜甫面对秋风怒号发出的却是"大庇天下寒士俱欢颜"的家国大爱；李商隐绵长的牵挂何尝不是爱恋独特的美好；王安石也在失意中写出了"春风又绿江南岸"这般的千古绝唱。诗篇里的秋虽万物萧索，但无一不带给观者以哲思，或悲或喜，或歌或叹。但总归，观者皆可从大众眼中索然无味的秋日里探寻到别样的深邃！

回归到自身，我就觉得秋天的太阳是柔和的，秋天的颜色是温柔的。突然在某个瞬间对亲人的思念涌上了心头，这时秋天是落寞的；在周末游玩时刻，温馨而热烈的桂花香扑鼻而来，这时秋天是温暖的；百无聊赖时，不热不凉的秋风掠过脸庞，这时秋天是可爱的。

秋天可以轰轰烈烈，也可以热情似火，还可以充满希望。当我走在落叶铺就的柏油路上，望着眼前披上薄纱而略显神秘的秋景，不觉顿悟，秋的颜色不应该被定义。秋本来就是多姿多彩的，一千个读者就有一千个哈姆雷特。对于每一个赏秋者来说，一切景语皆情语，秋的颜色原来就是观者自己人生的颜色。

所以，人也不应该被定义。只有排除外界嘈杂的纷纷扰扰的声音去接纳自我、热爱自我、提升自我，才能在岁月长河里，去追寻，去欣赏——那属于自己的每一场秋景。

子夜未眠

陈建林

　　窗外，风雨长鸣；屋内，心绪难宁。每当子夜未眠，我会悄然望向窗外。似乎唯有这雨声能倾听我内心的五味杂陈。

　　点一盏烛光，倾一壶薄酒，独坐窗边。望一眼远处乌云弥漫，听一曲深夜电台里的幽幽曲调，睡意突然淡了。雨打浮萍，说来也十分吵闹，可这闹似乎是给静平添了几分气氛似的，把这本该单调的夜晚衬托得华丽了起来。风呼呼地吹，雨哗哗地下，在这动静结合之下，夜似乎才焕发出了它的真正魅力。我不想错过这无人知道的回忆，它也舍不得放我独自走入梦乡。

　　这冗长的夜晚似乎总能让人忘却很多，也总能让人想起很多，也或许，忘却就是更好地记住吧。

　　忘却是因为孤独，这孤独不是折磨，而是一种享受，唯有此时此刻我才是真正的我，一个最放松的我，一个最真实的我。缱绻微风拂过脸庞，沉进心里，褪去铅华，洗去沉淀，把白天那些不堪回忆的曲意逢迎、微笑合群统统忘掉，把心里那不知何时燃起的无明业火通通灭掉，让风将它们的踪迹吹得一干二净，只剩下我，天，夜，雨。像一块幕布，接受夜晚的洗礼，它幽深，僻静，僻静显得干净。你看，这茫茫的夜色哪还有一点多余的色彩，就连那星星与月亮也在雨的驱逐下不见了身影，一切都回到了最初的模样，这时，夜是纯净的，我是空灵的，雨声相伴，我把它当作夜曲里钢琴汇合的长鸣，风儿呼啸，我把它理解为山谷空巷里的狗吠鸡鸣，像一首田园诗般的，我沉醉其中，不能自拔，哪里舍得醒来？

我想象如阿尔忒弥斯般飘游于云边，我盼望在爱琴海尽头偶遇守护爱情的维纳斯女神，我幻想随武陵人的渔船梦入桃花源……关于夜的梦想还有太多太多……

夜来了，现在一切跳跃的喷泉都更加高声地说话。而我的灵魂也是一注跳跃的温泉。

夜来了，现在一切热爱者之歌才苏醒过来。而我的灵魂也是一个热爱者之歌。

一百多年前，尼采在面对巴尔贝里尼广场的家中这样唱道，他将此歌称为旷古的最孤独之歌。而此时此刻，在这子夜未眠之时，我也想这样唱道：夜，让你的暗驱走这似来未来的光，如果潘多拉的匣子注定要被打开，那就让我永远沉浸在这尚未开天辟地的世界。

知　了

廖彬雅

　　我将要进行最后一次蜕皮。破开泥土与腐烂的落叶，我悄无声息地从沉睡多年的地底爬上树枝，蜷缩着等待背部裂开那道蜕皮线。

　　看见内里天光暗淡的蝉蛹上打开一道口时，我挣扎着将头探出去，终于向这个世界投出了第一眼。那道裂缝被我竭力撑开，我忍受着撕裂的剧痛，弓着腰尽力将自己的身体一点一点挪出。上半身出来之后我便成了倒挂在空中的样子，缓了缓神，再一鼓作气地让尾部也离开那个桎梏着我的壳子。这时，我猛地翻转，高高地昂起了头。确认前爪牢牢抓住空壳之后，我伸了伸还有着褶皱的透明翅膀，等待它变硬、颜色变深，等待它带给我起飞的能力。

　　我真正开始了我的生命。尽管与大多数生物相较而言它非常短暂，尽管在凛冽的寒风袭来之前它就要凋零，但我确信它足够珍贵而美好，足以让我感受太阳的热量、风的轻拂和雨的滋润，足以让我看看这与地底截然不同的耀眼世界。

　　我停在粗壮的树干上，身体掩在层层叠叠的茂密树叶后面，肆意地鸣叫着。在暗无天日的地底蛰伏了长长的数年，在这个夏天，我享受着太阳的光热，也将尽情地散发自己生命的热力。有时候我停下我的歌唱，将坚硬的口器探进树皮，从枝干中汲取甘甜的汁液。营养与水分顺着口器流淌进我的身体，缓解了我的饥饿和口渴，我不禁发出了舒适的叹息。

不知道我们是不是成了夏天的象征，几个人类听见我高昂的歌唱，抬眼在枝叶交错间寻找了一会儿，又在太过繁盛的枝叶下遗憾作罢，我只听见他们说："夏天又到了啊。"我趴在教学楼外的大树上，透过窗户观察着教室里的学生。空调毫不吝啬地释放着冷气，将整个教室的温度填充成恰好的舒适，但也有些人披着外套，或是觉得温度太低，或是为了遮挡风口不断输送来的冷气。他们低头看着桌上的练习卷，笔尖飞快地移动，时而停下冥思苦想。我看着他们皱起的眉头，忍不住想，那些漆黑的眼睛里是不是也燃烧着跳动的火苗呢？听着他们哗啦啦翻动书页的声音，我非常有兴致地扮演着演唱者的身份，振动翅膀为夏日献上一曲。不知道是不是对我的叫声感到烦躁，有几个学生朝窗外望了几眼，口中似是无声地咒骂了两句。我心虚了一瞬，但很快又高兴地唱了起来，谁也不能阻止我将自己燃烧。

看着学生们一大早去教室，深夜回宿舍，伏在桌上将一张张雪白的试卷填满，我忍不住想为他们歌唱，虽然他们可能并不会领情。很久之后，校园里的人声暂时抽离，老师学生享受着自己的假期，而这一整片区域任我独享。

我的生命在鸣叫中走向尽头，最终我衰弱得难以再振动翅膀，难以再抓住树干。怀着对世间的眷恋，我坠落到地上，带起一小片细微的尘土。我知道，很快就会有食虫者拖走这个躯体，不过那时我早已毫无知觉。

辑七

回忆

雁过也，
正伤心，
却是旧时相识。

忆

刘凌晖

    小学二年级时，别的小朋友周末都会去上特长班，而我，既不爱唱歌又不爱跳舞，总是窝在家里看电视。母亲觉得这样未免太过浪费时间，便把我送去邻近的书法班学习软笔书法。

    书法班的先生姓向，年仅五十就满头白发。他的书法和篆刻在我们当地小有名气，当地人休闲散步的去处，都有他题写、刻字的石头伫立。而书法方面，楷、行、草、隶书他都有所涉猎，水平不低，让彼时幼小的我崇拜至极。

    由于年纪小，字写得也不甚工整，于是我被安排学习楷书。从小时候起，一直到现在，我都觉得能写一手行楷或者行书的人潇洒异常，我心向往之，然而却始终没有机会练成那样一笔字。而现在的我呢，早已把用毛笔书写的知识技能忘得一干二净，只能隐约记得毛笔的握笔姿势，且现在用硬笔写的字也不太好看，不禁对先生怀有深深的愧疚之情。

    无比怀念学习书法的那几年，我在那间充满墨香的小书房里，度过了四年间的每一个周末下午，吃了很多先生夫人做的小零食，旁观了许多同学玩的小游戏，背了不少不知何意的古诗词。而这些轻快、欢乐的日子，如今算来，离我远去已有八年之久了。很多回忆早已淡去，细节已模糊不清，而快乐与满足，仍在我心。

刚开始练字的时候，只会抓着笔一顿瞎比画，在纸上画一些毫无意义的、歪歪扭扭的线条。先生见了，总是笑笑，用他那温厚的手掌握住我的手，纠正我的拿笔姿势，"手指应该这样摆放，掌心要像握着一个鸡蛋，掌形要圆，然后运笔。"几年下来，我仍有握笔姿势不对的时候，而先生每次都会仔细地纠正我，对我如此有耐心的人，已经很久没有遇到了。

练字总是在报纸上练的，练字的同时还能看看新闻，真好。每练完一张，总会找先生批改，先生习惯用毛笔蘸红墨水，在写的好字或者字的某部分上画红圈。那时的少年心性纯粹、简单，可以因为自己某张练习多得了几个红圈而明媚了整个下午。而每周的练字作业，先生都会收集起来，不知这些年过去，它们是否安好？

"阿晖，来，我教你背诗。"在偶尔没有别的学生，只有我和先生在的下午，先生会教我背诗。我坐在靠窗的椅子上，阳光从窗户直射而来，照在我的背上，暖烘烘的。先生念一句，我跟着念一句。"秦时明月汉时关，万里长征人未还。""春江潮水连海平，海上明月共潮生。""别人笑我太疯癫，我笑他人看不穿。"那些日子背的诗大多已经忘记，只记得先生花白的头发上晕染的金光，和我昏昏欲睡的状态。

小学六年级那年，因为升学的缘故，我便没有再去书法班。那一年，也几乎没有见过先生。到了初一那年，母亲突然告诉我，先生因为突发脑出血去世了。那天在家里我很平静，回到学校，却在宿舍里大哭了一场。

万幸的是后来得知，都已经准备葬礼了，先生却被抢救回来了，可是似乎成了植物人。那年寒假，我去病房看他，不到一分钟的时间，我就冲出来，扑进父亲的怀里痛哭。父母安慰我说，"他现在状态已经好很多了，他会好的，你放心。"

　　八年过去了，我没有再询问过先生的消息。但我希望，他仍在那间充满墨香的小书房里，或饮，或书，或诗，恣意潇洒，快乐一生。

寻 梦

刘 蓉

旭日初升，一阵南风轻抚未紧闭的窗扇，送来一丝凉意，沁人心脾。

房中脚步声起，咚咚咚，只见一双白嫩的小手推开了窗。

一张充满稚气的圆脸——女孩的秀眉紧蹙，似在忧心着什么。只见她双眼凝视着远方的一点，久久未动，忽然间，似想到了开心的事，一抹笑意从嘴角蔓延开。还想再仔细观望，可那女孩却头也不回地向房门跑去，脚步不停，廊道、庭院、朱红的门、古直的街……——从女孩身旁闪过，速度之快让人心惊。不知跑了多久，只见女孩在一座青山脚下停住，小脸通红，喘着粗气。歇了一会儿，女孩又抬起了脚，本以为她会一如先前快速向前跑去，却只见她慢悠悠地踱步，时不时地逗弄着路边的小花小草，满脸笑意，好似只有在这时才会展现属于这个年纪应有的孩子气。虽已是正午，却因山中林木较密，太阳光线只能通过枝丫缝隙斜斜地射过来，再加上山路崎岖，女孩举步维艰，只见她本就受累过多的双腿在石道上战战兢兢，不出所料，只听见啪的一声，女孩摔倒在地。与料想不同的是，女孩并没有爬起来，而是趴得更低了。原来从草的缝隙往斜上方看，能看见一个鸟窝。这个鸟窝是翠鸟的家——三只小翠鸟嗷嗷待哺，鸟妈妈和鸟爸爸在林中飞动觅食，这看似是一幅温馨的景象，然而却并不牢固：一条蛇盘在树的另一根枝丫上，吐着信子，虎视眈眈地盯着这脆弱的生命。女孩并未去解救这可怜的鸟儿，因为她知道自己的力量太弱小。不出意外，小翠鸟们成了那条蛇的腹中之物。女孩愣了两秒，便起身继续向前。顺着蜿蜒的山路，一条蛇状的小溪映入女孩眼帘。脚步微微停滞，女孩用白嫩的双手捧了一捧溪水，水中倒映着女孩姣好的脸庞和似有似无的蓝天，咻溜一声，一捧溪水便入了女孩的口中。稍作休息，女孩便又向前跋涉。

　　林中虎、野猪、狐狸、兔……或为捕猎者或为猎物，都遵循着林中的法则代代生存着。历经重重困难，小女孩终于到达了半山腰，只见她向一处山洞奔去，满脸笑意。山洞一看就是有人打理的。女孩熟练地拿出茅草铺垫在地上，然后卧了上去。女孩在寂静与困倦的席卷下入了梦。梦中出现了三个人的身影——一个高大的男子和一个娇小的女子，在中间的不是女孩还能是谁？"明日我便要去参军了。"男子说，"国难当头，有志者都应为国效力！"女子虽有不舍，却还是宽慰男子道："你且放心去吧，家中事务一切有我。""我不想要爹爹去当大英雄，我只想要爹爹陪在我们身边。"女孩哭闹着。两个大人也眼中含泪……只见哗的一声，画面中只剩下了女子和女孩。女子一边抹着女孩的泪一边说："国弱就会遭他国入侵，就会有成千上万的无辜人丧命。身为一国之民，就应为国效力，哪怕是献出自己的生命。所以等你长大以后，一定不要怨恨爹爹和娘亲。""好！为一国之民就要为国效力！"女孩的声音稚嫩却满是坚定……梦转千回，只见一滴泪从女孩眼角滑落……

梦 见

张艳艳

　　场景很模糊，气氛有点诡异，虽然心里有点害怕，但还是忍不住靠近。看着身体依然浮肿的姥姥如往常一样坐在那里忙着手中的家伙什，我想问她许多问题，到嘴边却什么也说不出，她也是如此。我们就这么静坐着，相对无言。仿佛感应到什么。我想要靠近她，紧紧抱住她。虽然明知是梦，终究是一场空。

　　蓦地醒来，早已一身冷汗，心情亦是久久不能平复。说一点不害怕是假的，但心里的渴望、思念远远压过恐惧。是啊，好久没有梦到姥姥了。人们常说时间会治愈一切，确实，离别的伤痛早已被抚平，甚至连带她存在过的痕迹都仿佛被抹去。但伤口愈合后也会留下一个疤，无论怎样都无法消失，什么时候触到，就仿佛拨到一根刺，一串美好又疼痛、深刻又模糊的记忆就会涌出。

　　那一年，梨树葱郁，阳光正好。童年的记忆总是那么遥远，好像加了层厚厚的滤镜，美好却看不真切。唯一深刻的就是一个大大的院子里面是个小小的菜园，种着不是很甜的草莓和黄中带点红的圣女果。梨树尽情舒展腰肢，矮矮的墙头上坐着一只老白猫。那只猫从我记事起就很老了。院子里面住着一个有点严肃的老太太，不常笑，凶起来嗓门有点大，足够让小孩们忌惮。但我并不是很怕我姥姥，大概是因为她对我说话时不自觉软下来的音调，偷偷塞给我吃的，笑着让我别被表兄妹们看见，以及在所有人都忽视我时，她总是待我与自己亲孙女没有差别。姥姥只是个老太太，但她却能做出许多"聪明"的人都无法做出的事。

那一年，梨花带泪，风雨骤起。姥姥确诊了，癌症。那时的我说大不大，连病症的名字还说不清楚。说小也不小了，已经初中了，已经能从姨妈们哭肿的眼睛以及压抑的对话中猜出个大概。绝望又有一丝希望，说不定故事中起死回生的情节能够发生呢？一次小姨转过头抽泣着问我："看得出来哭过吗？"我说看不出，小姨硬生生挤出笑容走进病房，我却湿了眼眶。看着病床上消瘦得厉害的姥姥，我只能跟平常一样说着学校的事并安慰她："只是小问题，很快就好了，我还想喝你煮的粥呢。"姥姥也说好。其实我们都清楚不可能了。

后来姥姥回家坐在轮椅上，听到我被狗咬伤，嘴里发出不清楚的音节，眼泪却比话先落地了。舅舅说你姥姥心疼你呢。再后来便是只能瘫在床上靠氧气瓶续命了，话也说不出了，身体也日渐浮肿起来。我们几个表兄妹轮流为她捏腿。那手感像记忆海绵，按下去一个坑要好久才能弹回来。当时觉着有趣，现在想想她是多么痛苦啊！姥姥最喜欢我捏，总是会用眼神或者点头示意。

如今，梨花殒殇，化为尘埃。梨树被砍，院子早已改建，白猫也早已不见踪影。跟姥姥有关的东西一件一件减少，有关的记忆也不断被覆盖取代，现在想来那些记忆像一场梦，仿佛这个人不曾出现在我的生命里。但是怎么可能呢？有些人从小都没见过自己的姥姥，他们或以为是幸事。曾经我也有过一瞬这种念头，因为分别的悲伤让人实在难以忍受，但是那些爱是真的，那些温暖是无以取代的，足以让我每每想起，心底一片温热。

在我的梦里，在我的童话里，姥姥一次又一次回来，虽然每次都无法挽留但是能见一面已是幸事。爷爷说梦到她说明她想你了，但梦里出现的人到底是谁在想谁啊?

夏令时记录

胡鸿歌

夏天又到来了，我喜欢它所带来的一切。那些芬芳的花草香气、丰沛的雨水、成群结队的身影、教室、卷子和铁栏窗，还有似乎永远没有尽头的符号海洋，都被回忆的脚趾柔软地踩响。

阳光沿着记忆的旧址返回，这是通往过去的唯一途径。

五月的劳动节，学校颇不情愿地让出一天的节假日给我们，而各科老师亦是没忘帮我们打包一沓的卷子，白花花的纸张铺天盖地。而我自小便是不入流的那类，不想错失这可供自己喘息的机会。

记得年少时，自己常常趴在草丛中，闻着薄荷草的香气，旁观着这方可以四处长出唐诗的世界。"两个黄鹂鸣翠柳，一行白鹭上青天。"母亲那时拿出自家做的冰粉，一边教我诵读，一边用瓷白的小勺细细舀出一口一口喂我。时光惬意得似乎是一辈子的幸福与欢喜。但入学后，这样的日子渐少。我的好时光被突如其来的高三疫情彻底掐断。早上便匆匆吃完饭，然后躲进近乎密闭的卧室里，对着案几上成堆的教辅看上半天工夫，翻看没一会儿便开始昏睡。偶尔有时间，自己也不愿出门，僧侣一般临窗独坐。暮色里，夕阳一点一点斜落它硕大鲜红的身子，如同我们是不知何时被人摘走的果实。

朋友经常说，这样下去我们迟早会疯掉的。她说这句话的时候，手里的纸飞机已经折好，并被漂亮地掷出窗外。承载年少渴望的梦，似乎在天空下飞了好远好远。

五一假期简简单单地结束，我又回到了透明的自己。高考的深潭日渐扩大它的容积，而立体的自己悄然间竟被压成了平面。

我不喜欢花掉一整节早读课限时做完人手一份的《英语周报》，不喜欢学习委员每天都来催促自己上交作业时甩出的眼神，不喜欢黑板左上角的"倒计时"从60天变成30天。朝西的天空不再蔚蓝，朝东的门总有匆匆的脚步进进出出。时间以流沙的速度前进，我们拉不回一个真正的自己。

雨水蜇人的六月，那时离高考仅剩二三十天，我们依旧不谙世事。一群人依旧在操场上散步，有说有笑，依旧在晚自习时趁着班主任不在偷吃零食，我们偷偷摸摸地笑着。很多岁月流淌出的细节生长成繁密的枝丫，悬挂着铃铛一样的花，然后微风便穿过了我们的胸膛，温暖的时光镶嵌出水晶的圆。

同桌笑着说，我们是不是像傻瓜，被人掌控了一切而什么都不知？我点点头，想起岛崎藤村曾在《银傻瓜》中写道：世界上，不管哪个地方，总有一两个傻瓜。什么时候我们竟然这么甘心地变成傻瓜了呢？

七月，高考伴着暴雨如约而来。所有的船帆都做好最后靠岸的准备，而我也忘不了那雨声磅礴的两天。

母亲为了陪我，特意向学校请了一个星期假。考试的两天里，她都坚持在早上起来叫我起床，考完一科回来时总会见到她收拾屋子，无尽酸涩压在我的心底，慢慢发酵。

母亲始终在家里等我，每考完一科，周边总会有父母着急询问自己子女考试的情况，母亲也不例外。八号考完最后一科英语的时候，大雨已经过去了，就像人激动过后释然的情绪。我恍惚地走出校门，在喧哗人群里前行，迎面见到母亲。她一只手撑着遮阳伞，一只手递来一瓶消暑的凉茶。我看了看此时眼中的母亲，头发不知不觉间已经有一些苍白，曾经锐利的眼神被岁月磨得平淡。那天的阳光一直晒着，却未让我觉得炽热。

那一天，被时间借走的自由、欢喜与爱重回我们的手上。大雨没有浇灭花朵恣情吐出的鲜红色彩，那些停靠在水池边的蜻蜓把翅膀扑成闪光的徽章，蝉声清晰而悦耳。我们曾经执意要穿越的城池和边界，渐渐展开宏伟的地图。那一天，我们开始真正地长大。

我还记得到校填志愿的时候，朋友们又像往常一样把我从庞大的人流中拉出。我们走到学校操场边，身旁扬花的草丛中停息着几只彩蝶，摇摇晃晃在树影间彼此相拥，像岁月里那道深刻的吻在风中飘动着。

这阵风里有我们最美好的记忆，它们穿过了树梢上稀薄的烟云，让我们看到花开花谢后的圆满。

老唐其人

范宇阳

老唐何许人也？老唐来自钟灵毓秀的世界长寿之乡，本职是一名英语老师。老唐全名唐宇春，一名中年男教师。他的学生都亲切地称他为"春春"，不过此春春非彼春春。虽然和歌手同名，歌声却有些过于魔性，让人实在不敢恭维。不过这不能阻挡他拥有一颗想要高歌的心，早自习结束去食堂的路上总能听见他"悦耳"的歌声，大家都不堪其扰，不愿和他走在一起。

老唐这人，人称"怪咖"。其人有三怪，且听我慢慢道来。

一怪之穿衣打扮。老唐个头中等，腆着一个大啤酒肚，自然卷的"地中海"发型，着实让人忍俊不禁。可能因为是个英语老师，受到英国文化的熏陶，他的站立、走路姿态都颇像一个英国绅士。一手扶桌、双腿交叉，另一只手捏着粉笔兰花指微微翘起，真是要多优雅有多优雅。走起路来也是慢慢悠悠，不慌不忙，不时从口袋里拿出手帕擦擦脸、擦擦手。不过他的穿着却与绅士完全不沾边。人人都说"红配绿，像只鸡"，他却最爱绿上衣搭配火红的大裤衩，露出自己惊人的腿毛。冬天他也不穿什么羽绒服、棉袄，一件军大衣足矣。走在人群中那抹亮眼的绿色一定是他，并且这件军大衣可一个冬天不洗不换，直到春天来临才结束其光荣使命，他还美其名曰这是一种以油养油的高级保养方法。

二怪之教学方法。俗话说不想当演员的老师不是好老师，不想当语文老师的英语老师不是好英语老师，老唐正是其完全体现。他会在为同学们讲解完形填空时生动地将这个故事表演出来，以便于同学们理解选择。他还会组织同学们观看英文电影，然后让同学们自己再表演一遍（他还经常自己担纲男主角，演技也是杠杠的）。如果你有幸在他的课堂上被抓住看小说，那么恭喜你，这本书的主角就变成你了。他会让你当堂表演，并发表感想。看来他不仅热爱表演，还致力于培养演员（在他的带领下他们班级在戏剧节上总是勇夺第一）。

除了爱表演，老唐还深深地热爱语文（同学们揣测英语可能只是副业），经常上课讲着讲着就背起了古诗词。四十五度角仰望天花板，微眯着眼睛，摇头晃脑，倒真有几分古代夫子的气质。他说自己当初高考就差了那么一分没有文学院要自己，中国文坛错失了一位巨星啊。用中国的古谚语解释英语阅读的含义，就是"心有灵犀一点通"。老唐就是这样一个热爱表演和语文的英语老师。

三怪之日常行为。带着高三毕业班的他拥有着谜一般的佛系心态。从不管同学们的迟到问题（这让别的班一度很是羡慕），还会在课前先布置好任务然后一节课不来，他却在操场上悠闲地散步。也不在乎考试的成绩，还经常安慰同学"考试只是人生的很小一部分，它连一点浪花也翻不起"。他还会在朋友圈展示他边泡温泉边唱歌跳舞的视频，走在去食堂的路上突然放声歌唱（那歌声着实令人生畏）……他的日常迷惑行为着实太多，他的学生们正考虑要不要出一本书——《老唐迷惑行为大赏》。

老唐其人，其貌不扬却幽默风趣，他的课堂总是充满欢声笑语，在他生动的表演中我们学到了知识也收获了快乐，成绩噌噌往上爬。

　　老唐其人，幽默中带着一丝严厉，怪中显示着他积极的生活态度。虽槽点不断，却也深得同学们的爱戴。这就是老唐，我们心中独一无二的"春春"。

我的十八年

莫沛幸

一

我叫莫沛幸，一个来自广东的女孩。我出生和成长的城市叫作肇庆，关于她，有许多历史悠久的故事与传说。养育我成人的地方叫作鼎湖，而我的家正坐落在有"北回归线上的绿洲"之称的鼎湖山脚下。因为开发时间较晚，加之近年来政府大力推进环保工作，那儿的确是一个山清水秀的好地方。

十八年来，我几乎从未离开过这个生我养我的地方。小城不大，却足以让我体会到纯朴的民风，足以令我感受到家乡的美好。小时候不知热爱，长大后才懂得乡音的亲切。如今离家，总会想起家乡飘香的裹蒸粽与市集里那些操着乡音的吆喝声。

二

我出生在一个普通的大家庭，家中除了父母，还有外婆与我们同住。因为父母工作的缘故，小时候我是由外婆照顾长大的。从小外婆便十分疼爱我，我想吃什么或者想要什么，她都会立刻帮我买来。所以我和外婆总是免不了被妈妈数叨，妈妈总说我任性，说外婆过分宠我。但那之后，外婆还是会像之前一样给我买我想要的东西，把别人给她的那些好吃好玩的带回家来给我。当我渐渐长大，却开始禁不住外婆的唠叨，但看着她总是尽力地想要融入我的世界，像个孩子一样学习使用智能手机，我便十分心疼与羞愧，便会去珍惜那些唠叨。

我的父母学历都不高，只是普通的打工一族。母亲是一个很有上进心、学习能力也比较强的人。从小她对我的教育都是赏罚分明，我犯错时她会严厉地批评我，但在我做得好时也会赞扬和鼓励我。在我的眼中，母亲真的是一个十分"全能"的人，她做的饭菜很好吃，她会做衣服，她能把家里打理得井井有条……父亲则和母亲相反，他是一个比较安于现状的人，不爱改变，又有点固执。在我小时候，他有时会生气打我，但慢慢地他似乎变得温和了许多。他不善言辞，在家里只和母亲聊天说话比较多，在我渐渐长大后，他与我的对话也越来越少。我知道，父爱都是无声的。因为他会默默地帮我扛很重的行李，会很用心地打包好我拜托他给我带的东西，在我问他要生活费时二话不说就给我转钱。可他自己摔倒跌伤时却一声不吭，穿了好几年的衣服即使缝缝补补也不舍得扔掉。

我很爱我的家人们，十几年来，他们给予了我无与伦比的幸福与温暖。我们家虽然不富裕，却也能吃饱穿暖，也尽可能地让我接受好的教育。我感谢他们，因为他们给予我生命，养育我成人，也造就了如今的我。

三

说到我自己，出身普通，长相也不出众，到如今也只是一个平平无奇的小人物。受家庭影响，我为人诚实，也像我母亲那样比较善于换位思考和理解他人。我从小就不太爱出风头，胆子也不大，只喜欢踏踏实实地做自己的事情。我性格有一些慢热，但一热起来就会比较"疯癫"。我不太有自信，总会担心做不好事情，因为记忆力不好，总会因为健忘而耽误许多事，母亲也总因这样而说我"没心没肺"。在我们那个小地方，我的学习成绩还算优异，但我从不觉得自己很厉害，因为我总能看见自己许多的不足。周围的人越是称赞我，我越是发现自己身上有越多的缺憾。所以我一直在寻找，寻找能弥补自己不足的方法，寻找能让自己自信的前路。

从小我们就被家人和老师问道："你的理想是什么?"小时候的我会说"我要当医生!"或是"我要当律师!"但越是长大，就越是明白世事无常。当我看见 2008 年的汶川地震，经历 2018 年的台风"山竹"和 2020 年的新冠疫情，我更是懂得"天有不测风云，人有旦夕祸福"。所以当你现在问我："你的理想是什么?"我会告诉你："我想我和我的家人平安健康，我想我们的国家国泰民安。"这是一个平凡却伟大的愿望。我没有什么宏图大志，但我想要未来的我可以有资本，为我和我的家人谋求更好的生活条件；我想要未来的我可以尽自己的绵薄之力，为我们的祖国奉献哪怕一点点的力量。

我不知道未来的我会是怎样的，但是我了解从前的我，认清如今的我，憧憬明天的我。所以，哪怕今天就是我在这个世界的最后一天，我也想好好度过，不想因为恐惧未知的明天而放弃可以精彩万分的今天。

记 雨

郭一岑

在期末考试落下帷幕后，大一也就宣告结束了。同学们开始陆陆续续地离开学校。一时间学校变得冷清起来：晚上的教学楼熄了灯，就连人来人往的食堂到了饭点也鲜有人影。由于要负责清点搬校区的物品，我得晚几天回家。刚吃过午饭回到寝室，只觉得燥热，加上一个人面对空荡荡的寝室着实太过无聊，于是，我决定外出散步。

提前看过天气预报，我随身带了把伞。我出了门一路往东走，抬头看天空，乌云一眼望不到边，却不知什么时候下雨。天气仍然闷热，伞在手上仿佛成了累赘。一路上没有什么行人，只有不时呼啸而过的几辆汽车，打破正午的宁静。一路向东，是不常来的地方，说来惭愧，作为一个宅男，一年时间也没有搞清楚学校附近的几条路。我一边走一边漫不经心地左右观望。大约走了三站地，我的身上开始发热出汗，额头浮现出细小的汗珠，雨也就在这时下起来了。我并没有撑伞，而是继续往前走，感受着细细的雨丝落在身上，倒也带来一丝丝清凉，略微消解几分闷热天气带来的不适。没过几分钟，雨就开始大起来了。豆大的雨点拍打在路上、树叶上和我的身上，我赶忙撑开伞准备往回走。细细的雨丝变成雨滴迅速下落，连成密集的雨线，随着雨势越来越大，仿佛形成一道道雨幕。天气居然更闷了，我的脸上竟然都有汗珠滑落，脚步也在雨中逐渐变得吃力。突然开始起风，大风将雨点迎面拍在脸上，和脸上的汗水混合在一起，一时竟分不清挥手抹去的是汗水还是雨水，眼镜瞬间被迎面来的雨滴打湿，四周的世界开始模糊起来。暴雨倾泻而下，手中的雨伞仿佛成了玩具，挡得住从天而降的雨水，却挡不住四周飞溅的水花。蹚过一片片积水后，我的全身自下而上，从鞋子到裤脚，甚至后背都已经湿透。这时气温已经降了许多，一股冷风吹来，一丝寒意从脚到腿，瞬间蔓延到我身体的每个角落。我不禁打了个寒战，四肢都在奋力往中间挤，企图得到一点热量，脚下的路更加艰难……

我不喜欢下雨，却很喜欢记录雨天。刚进大一军训的那段时间，也总是下雨。对我而言，从慵懒的假期进入大学生活，又要面对军训，一时有些身心疲惫。好在"天公作美"，一连下了几天雨，导致真正军训的时间很短。正是在这一段轻松的时间，我们认识了只大我们两岁的教官，记住了他可爱的笑容。而遇到晴天，军训就显得累了。成天的军姿正步，动作定格，一个个稚嫩的身体苦苦支撑着，随着"稍息，立正"的口令变换动作，一二三四的口号响遍大运动场。慢慢熟络的大家会在休息时侃天侃地，会因为连队同学的表演热烈鼓掌，会不时抱怨军训的疲惫，也会为了参加团里比赛一起用尽全力；大男孩般的教官会耐心教我们军歌，也会和我们一起站军姿。秋风起，秋雨落，酷热消失了，我们突然意识到，军训也已接近尾声。没有人再为正步训练而叫苦不迭，只有离别的思绪随风起舞。

分别的日子总是在雨天，秋风很湿，水雾蒙上了眼，蒙眬中看见教官一如既往的笑容，听见一句"你们的笑容，真的很可爱"。原来烈日下每个步伐和转体间缓缓流过的，是我们最好的时光。

　　并不是雨天值得纪念，而是人生的各个节点都需要一场雨来渲染，一年前我在雨中开始军训，开始我的大学时光，现在我在雨中离开老校区，只有这场雨伴着无数的回忆，留在纸上。